Tourne la page pour découvrir ton poster !

Pour Comprendre

Tout mon CE1

Français
Pierre Diény
Magali Diény

Maths
Frédérique Beau

Histoire
Enseignement moral et civique
Géographie
Pauline Bodeau

Sciences
Jack Guichard

Anglais
Séverine Chatelain
Pascale Huet

hachette
ÉDUCATION

Sommaire

À DÉTACHER

- Le Guide Parents avec :
  - des conseils pratiques
  - le détail des programmes
  - 40 dictées d'entraînement
- Une frise alphabet des sons / carte du monde

Français

Grammaire

Conjugaison

Orthographe

Vocabulaire

Histoire / Enseignement moral et civique

Histoire

Enseignement moral et civique

ISBN : 978-2-01-714931-6
www.parascolaire.hachette-education.com

Maths

Géographie

Sciences

Anglais

Pour comprendre tout le CE1 !

Dans cet ouvrage, parfaitement conforme aux programmes officiels du CE1, vous trouverez **tous les outils pour bien accompagner votre enfant** tout au long de l'année, en appui du cours dispensé en classe ou comme support des révisions de vacances.

1 Les doubles pages types dans chaque matière

Chaque double page présente **tout ce que l'enfant doit savoir et savoir faire** sur chaque **notion fondamentale** du programme.

Pour l'adulte
Des conseils, des compléments de méthode ou de cours, pour aider l'enfant.

Retiens l'essentiel !
Un résumé de cours que l'enfant devra bien connaître.

Regarde comment on fait !
Un exercice corrigé pas à pas, pour montrer à l'enfant comment bien appliquer le cours dans les exercices.

Entraîne-toi !
Des exercices gradués (faciles* à plus difficiles***) pour un entraînement progressif.

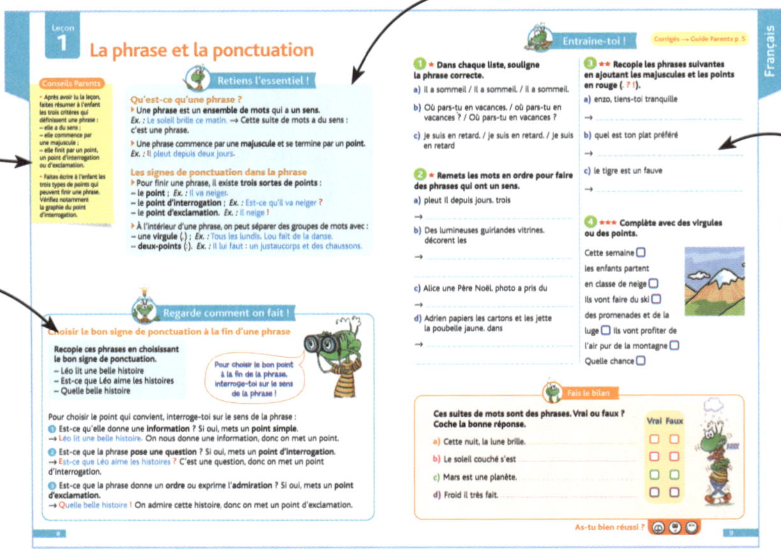

Leçon 1
La phrase et la ponctuation

Conseils Parents
• Après avoir lu la leçon, faites résumer à l'enfant les trois critères qui définissent une phrase :
– elle a du sens ;
– elle commence par une majuscule ;
– elle finit par un point, un point d'interrogation ou d'exclamation.
• Faites écrire à l'enfant les trois types de points qui peuvent finir une phrase. Vérifiez notamment la graphie du point d'interrogation.

Retiens l'essentiel !

Qu'est-ce qu'une phrase ?
‣ Une **phrase** est un **ensemble de mots** qui a **un sens**.
Ex. : Le soleil brille ce matin. → Cette suite de mots a du sens : c'est une phrase.
‣ Une phrase commence par une **majuscule** et se termine par un **point**.
Ex. : Il pleut depuis deux jours.

Les signes de ponctuation dans la phrase
‣ Pour finir une phrase, il existe **trois sortes de points** :
– le **point** ; *Ex.* : Il va neiger.
– le **point d'interrogation** ; *Ex.* : Est-ce qu'il va neiger ?
– le **point d'exclamation**. *Ex.* : Il neige !
‣ À l'intérieur d'une phrase, on peut séparer des groupes de mots avec :
– une **virgule** (,) ; *Ex.* : Tous les lundis, Lou fait de la danse.
– **deux-points** (:). *Ex.* : Il lui faut : un justaucorps et des chaussons.

Regarde comment on fait !

Choisir le bon signe de ponctuation à la fin d'une phrase

Recopie ces phrases en choisissant le bon signe de ponctuation.
– Léo lit une belle histoire
– Est-ce que Léo aime les histoires
– Quelle belle histoire

Pour choisir le bon point à la fin de la phrase, interroge-toi sur le sens de la phrase !

Pour choisir le point qui convient, interroge-toi sur le sens de la phrase :
1 Est-ce qu'elle donne une **information** ? Si oui, mets un **point simple**.
→ Léo lit une belle histoire. On nous donne une information, donc on met un point.
2 Est-ce que la phrase **pose une question** ? Si oui, mets un **point d'interrogation**.
→ Est-ce que Léo aime les histoires ? C'est une question, donc on met un point d'interrogation.
3 Est-ce que la phrase donne un **ordre** ou exprime l'**admiration** ? Si oui, mets un **point d'exclamation**.
→ Quelle belle histoire ! On admire cette histoire, donc on met un point d'exclamation.

8

Entraîne-toi ! Corrigés → Guide Parents p. 5

Français

1 ★ **Dans chaque liste, souligne la phrase correcte.**
a) Il a sommeil / Il a sommeil. / il a sommeil.
b) Où pars-tu en vacances. / où pars-tu en vacances ? / Où pars-tu en vacances ?
c) Je suis en retard. / je suis en retard. / Je suis en retard

2 ★ **Remets les mots en ordre pour faire des phrases qui ont un sens.**
a) pleut Il depuis jours. trois
→
b) Des lumineuses guirlandes vitrines. décorent les
→
c) Alice une Père Noël. photo a pris du
→
d) Adrien papiers les cartons et les jette la poubelle jaune. dans
→

3 ★★ **Recopie les phrases suivantes en ajoutant les majuscules et les points en rouge (. ? !).**
a) enzo, tiens-toi tranquille
→
b) quel est ton plat préféré
→
c) le tigre est un fauve
→

4 ★★★ **Complète avec des virgules ou des points.**
Cette semaine ☐ les enfants partent en classe de neige ☐ Ils vont faire du ski ☐ des promenades et de la luge ☐ Ils vont profiter de l'air pur de la montagne ☐ Quelle chance ☐

Fais le bilan

Ces suites de mots sont des phrases. Vrai ou faux ? Coche la bonne réponse.

	Vrai	Faux
a) Cette nuit, la lune brille.	☐	☐
b) Le soleil couché s'est	☐	☐
c) Mars est une planète.	☐	☐
d) Froid il très fait.	☐	☐

As-tu bien réussi ?

9

Écoute et répète !
Un mini-dialogue en anglais, avec sa traduction, et son enregistrement audio à télécharger gratuitement sur www.parascolaire.hachette-education.com

Fais le bilan
Un exercice pour que l'enfant évalue son travail et mesure ses progrès.

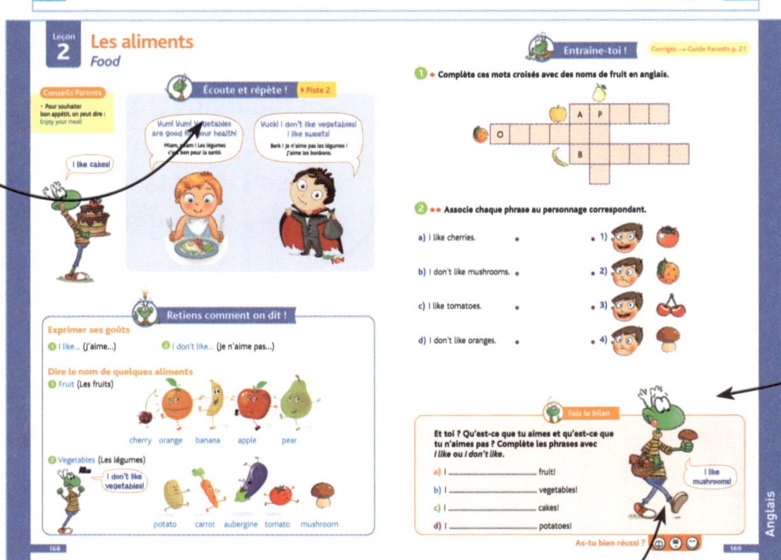

Leçon 2
Les aliments
Food

Conseils Parents
• Pour souhaiter bon appétit, on peut dire : Enjoy your meal!

Écoute et répète ! ‣ Piste 2

Retiens comment on dit !

Exprimer ses goûts
1 I like... (J'aime...)
2 I don't like... (Je n'aime pas...)

Dire le nom de quelques aliments
1 Fruit (Les fruits)
cherry orange banana apple pear
2 Vegetables (Les légumes)

potato carrot aubergine tomato mushroom

168

Entraîne-toi ! Corrigés → Guide Parents p. 21

1 ★ **Complète ces mots croisés avec des noms de fruit en anglais.**

2 ★★ **Associe chaque phrase au personnage correspondant.**
a) I like cherries. • • 1)
b) I don't like mushrooms. • • 2)
c) I like tomatoes. • • 3)
d) I don't like oranges. • • 4)

Fais le bilan

Et toi ? Qu'est-ce que tu aimes et qu'est-ce que tu n'aimes pas ? Complète les phrases avec *I like* ou *I don't like*.
a) I .... fruit!
b) I .... vegetables!
c) I .... cakes!
d) I .... potatoes!

As-tu bien réussi ?

169

Anglais

Oscar
La mascotte qui guide l'enfant tout au long du cahier, en lui rappelant les notions ou astuces clés du programme.

2 Le Guide Parents détachable

Le Guide Parents vous propose :

- **des conseils pratiques** et le détail des **programmes** ;
- **tous les corrigés** des exercices de l'ouvrage ;
- **40 dictées** pour travailler l'orthographe.

40 dictées pour un entraînement ciblé en orthographe.

3 Le poster détachable

Le poster, ou dépliant détachable, vous propose :

- au recto, **un alphabet des sons** ;
- au verso, **une carte du monde**.

Les principaux sons et leur orthographe

4 Les tables d'addition, de multiplication et les tableaux de conjugaison

En fin d'ouvrage, retrouvez les principales conjugaisons, ainsi que les tables d'addition et de multiplication.

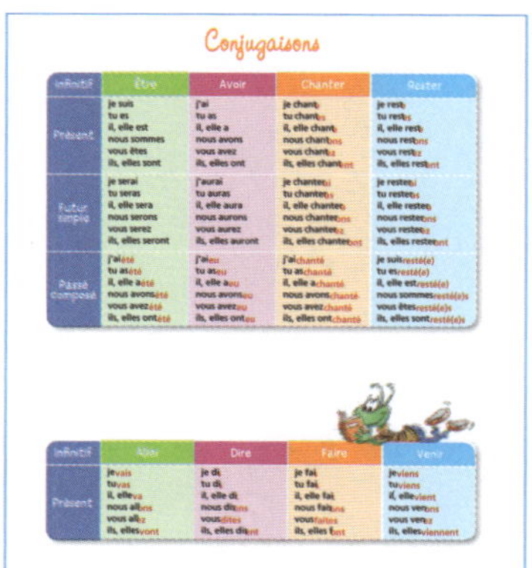

Français

Grammaire

Conjugaison

Orthographe

Vocabulaire

Leçon 1

La phrase et la ponctuation

Conseils Parents

- Après avoir lu la leçon, faites résumer à l'enfant les trois critères qui définissent une phrase :
  – elle a du sens ;
  – elle commence par une majuscule ;
  – elle finit par un point, un point d'interrogation ou d'exclamation.
- Faites écrire à l'enfant les trois types de points qui peuvent finir une phrase. Vérifiez notamment la graphie du point d'interrogation.

Retiens l'essentiel !

Qu'est-ce qu'une phrase ?

▸ Une **phrase** est un **ensemble de mots** qui a **un sens.**
Ex. : Le soleil brille ce matin. → Cette suite de mots a du sens : c'est une phrase.

▸ Une phrase commence par une **majuscule** et se termine par un **point.**
Ex. : Il pleut depuis deux jours.

Les signes de ponctuation dans la phrase

▸ Pour finir une phrase, il existe **trois sortes de points** :
– le **point** ; *Ex. :* Il va neiger.
– le **point d'interrogation** ; *Ex. :* Est-ce qu'il va neiger ?
– le **point d'exclamation**. *Ex. :* Il neige !

▸ À l'intérieur d'une phrase, on peut séparer des groupes de mots avec :
– une **virgule** (,) ; *Ex. :* Tous les lundis, Lou fait de la danse.
– **deux-points** (:). *Ex. :* Il lui faut : un justaucorps et des chaussons.

Regarde comment on fait !

Choisir le bon signe de ponctuation à la fin d'une phrase

Recopie ces phrases en choisissant le bon signe de ponctuation.
– Léo lit une belle histoire
– Est-ce que Léo aime les histoires
– Quelle belle histoire

Pour choisir le point qui convient, interroge-toi sur le sens de la phrase :

1. Est-ce qu'elle donne une **information** ? Si oui, mets un **point simple.**
→ Léo lit une belle histoire. On nous donne une information, donc on met un point.

2. Est-ce que la phrase **pose une question** ? Si oui, mets un **point d'interrogation.**
→ Est-ce que Léo aime les histoires ? C'est une question, donc on met un point d'interrogation.

3. Est-ce que la phrase donne un **ordre** ou exprime l'**admiration** ? Si oui, mets un **point d'exclamation.**
→ Quelle belle histoire ! On admire cette histoire, donc on met un point d'exclamation.

Entraîne-toi !

Corrigés → Guide Parents p. 5

1 ★ Dans chaque liste, souligne la phrase correcte.

a) il a sommeil / Il a sommeil. / il a sommeil.

b) Où pars-tu en vacances. / où pars-tu en vacances ? / Où pars-tu en vacances ?

c) Je suis en retard. / je suis en retard. / Je suis en retard

2 ★ Remets les mots en ordre pour faire des phrases qui ont un sens.

a) pleut Il depuis jours. trois

→ ....

b) Des lumineuses guirlandes vitrines. décorent les

→ ....

....

c) Alice une Père Noël. photo a pris du

→ ....

d) Adrien papiers les cartons et les jette la poubelle jaune. dans

→ ....

....

3 ★★ Recopie les phrases suivantes en ajoutant les majuscules et les points en rouge (. ? !).

a) enzo, tiens-toi tranquille

→ ....

b) quel est ton plat préféré

→ ....

c) le tigre est un fauve

→ ....

4 ★★★ Complète avec des virgules ou des points.

Cette semaine [,]
les enfants partent
en classe de neige [.]
Ils vont faire du ski [,]
des promenades et de la
luge [.] Ils vont profiter de
l'air pur de la montagne [.]
Quelle chance [!]

Fais le bilan

Ces suites de mots sont des phrases. Vrai ou faux ? Coche la bonne réponse.

	Vrai	Faux
a) Cette nuit, la lune brille.	☐	☐
b) Le soleil couché s'est	☐	☐
c) Mars est une planète.	☐	☐
d) Froid il très fait.	☐	☐

As-tu bien réussi ?

Leçon 2

Les types de phrases, les phrases affirmatives et négatives

Conseils Parents

- Pour distinguer une phrase déclarative d'une phrase interrogative, faites repérer à l'enfant le point utilisé à la fin. S'il repère un point, c'est une phrase affirmative ; si c'est un point d'interrogation, c'est une phrase interrogative.
- Pour aider l'enfant à distinguer les formes de phrases, faites-lui repérer les négations. S'il identifie une négation, c'est une phrase négative. Attirez son attention sur les erreurs qu'on fait parfois à l'oral en oubliant la première partie de la négation : *J'en veux plus* au lieu de *Je n'en veux plus*.

Retiens l'essentiel !

Les types de phrases : déclarative et interrogative

Une phase peut être de type **déclaratif** ou **interrogatif**.

▸ La phrase de type déclaratif donne **une information, un avis** ou énonce **un fait**. Elle se termine par un **point**. *Ex. :* J'aime lire.

▸ La phrase de type interrogatif pose une **question**. Elle se termine par un **point d'interrogation**. *Ex. :* As-tu rangé ta chambre ?

Les phrases affirmatives et négatives

Les phrases peuvent être **affirmatives** ou **négatives**.

▸ La phrase affirmative **affirme** quelque chose ; on peut la commencer par « **oui** ». *Ex. :* Lilou joue du piano. → **Oui**, Lilou joue du piano.

▸ La phrase négative comporte une **négation** (*n'* ou *ne... pas, ne... plus, ne... rien*) ; on peut la commencer par « **non** ».
Ex. : Mathis **n'**aime **pas** le beurre. → **Non**, Mathis n'aime pas le beurre.

Regarde comment on fait !

Transformer une phrase déclarative en phrase interrogative

Transforme cette phrase déclarative en phrase interrogative.
Tu joues avec ta tablette.

❶ Commence par chercher le verbe conjugué et son sujet.
Tu (sujet) joues (verbe) avec ta tablette.

❷ Pour transformer la phrase déclarative en phrase interrogative, tu peux :
– utiliser la formule « est-ce que » en début de phrase ;
Ex. : Tu joues avec ta tablette. → **Est-ce que** tu joues avec ta tablette ?
– inverser le sujet et le verbe en mettant le verbe en premier.
Ex. : Tu (sujet) joues (verbe) avec ta tablette. → **Joues-tu** (verbe – sujet) avec ta tablette ?

Vérifie que tu as bien mis un point d'interrogation à la fin de ta phrase interrogative !

Entraîne-toi !

Corrigés → Guide Parents p. 5

1 ★ Souligne les phrases affirmatives.

a) Emma est un joli prénom.

b) Camille et Chloé apprennent leur leçon.

c) Les chats n'aiment pas les fruits.

d) Raphaël ne veut pas chanter.

e) Il faut écrire avec application.

2 ★ Coche les phrases négatives.

a) Le plombier n'a pas réussi à réparer la fuite d'eau. ☒

b) Il va revenir avec une plus grosse pince. ☐

c) Je ne pense pas que cet écrou lui résistera longtemps ! ☒

d) Martin construit un château fort en carton. ☐

e) Il ne veut plus jouer aux billes avec sa petite sœur. ☒

f) Ce chien n'aime pas rester seul à la maison. ☒

3 ★★ Reconstitue les phrases interrogatives en mettant les étiquettes dans le bon ordre.

a) Avez- | pris | vous | serviettes | vos | de | bain ?

→ Avez vous pris vos servi-ettes de bain?

b) Gabin | Est-ce que | a fini | manger ? | de

→ Est-ce que Gabin a fini de manger?

4 ★★★ Transforme les phrases affirmatives en phrases interrogatives.

Ex. : Le ciel est bleu.
→ Est-ce que le ciel est bleu ?

a) Louis est parti en voyage l'an dernier.

→ ....

b) Nous avons oublié nos bagages !

→ ....

c) L'hélicoptère vient chercher le skieur.

→ ....

Fais le bilan

Mets une croix dans les bonnes cases. Attention : il faut deux croix par phrase !

BRAVO TB

	déclarative	interrogative	affirmative	négative
a) La mer est déchaînée depuis deux jours.	☒	☐	☒	☐
b) Les pêcheurs vont-ils sortir en mer ?	☐	☒	☒	☐
c) Non, ils ne peuvent pas sortir sans danger.	☒	☐	☐	☒

As-tu bien réussi ?

Leçon 3

Le verbe et son infinitif

Conseils Parents

- Pour aider l'enfant à repérer le verbe de la phrase, faites-lui changer le temps et la personne. On peut l'entraîner à changer le temps en commençant la phrase par *demain* ou par *hier*. On peut également changer la personne du sujet en déclinant les différents pronoms : je, tu, il, nous, vous, elles, etc.
- Listez avec l'enfant différents verbes à l'infinitif et faites-lui observer la terminaison. Il va pouvoir classer les verbes en 3 groupes.

Retiens l'essentiel !

Le verbe

▸ Le verbe exprime **une action** ou **un état**.

Ex. : Florian joue aux billes. → Le verbe « jouer » indique une action.

Ex. : Léa est contente. → Le verbe « être » indique un état.

▸ Le verbe **se conjugue** : **sa terminaison** change selon **le temps** (passé, présent, futur) et selon **la personne**.

Ex. :

Temps { Demain, Florian jou**era** aux billes. (futur)
Hier, Florian **a joué** aux billes. (passé)

Personnes { Florian jou**e** aux billes. (3e personne du singulier)
Florian et Axel jou**ent** aux billes. (3e personne du pluriel)

L'infinitif

L'infinitif est **la forme non conjuguée** du verbe.

C'est la forme du verbe que l'on trouve dans **le dictionnaire**.

Ex. : **Il est interdit de courir à la piscine.** (courir : infinitif)

Regarde comment on fait !

Trouver le verbe d'une phrase et donner son infinitif

Repère le verbe dans la phrase suivante. Indique son infinitif.

Lou cherche un cadeau pour Melvil.

1 Pour trouver le verbe dans la phrase, transforme-la en commençant par ***hier*** ou ***demain***. Le mot qui change est le verbe de la phrase.

Ex. : Demain, Lou cherchera un cadeau pour Melvil.
Hier, Lou a cherché un cadeau pour Melvil.

Donc le verbe de la phrase est : « cherche ».

2 Pour trouver l'infinitif d'un verbe, commence ta phrase par « ***Il faut*** ».

Ex. : ***Il faut*** chercher un cadeau pour Melvil.

L'infinitif de « cherche » est : « chercher ».

Entraîne-toi !

Corrigés → Guide Parents p. 5

1 ★ Dans cette liste, colorie les verbes à l'infinitif.

chaussette · chat · dessiner · mordre · voiture · parler · verre · manger · prendre · lire · trois · faire · ballon

2 ★★ Relie chaque verbe à son infinitif.

je mange	chanter
nous venons	parler
vous buvez	manger
elles parlent	boire
tu chantes	venir

3 ★★ Complète chaque phrase avec un verbe conjugué au présent.

a) Le cuisinier .... les oignons.

b) Le pianiste .... des gammes.

c) Antoine .... le train tous les samedis.

4 ★★★ Souligne le verbe conjugué dans chaque phrase. Indique son infinitif en transformant les phrases comme dans l'exemple.

Ex. : Pierre fait du vélo.
→ *Il faut* faire du vélo.
→ Infinitif : faire.

a) Je regarde la télévision.
→ Il faut regarder
→ la télévision.

b) Capucine prend un bain.
→ Il faut prendre
→ un bain.

c) Le facteur distribue le courrier.
→ Il faut distribuer
→ le courrier.

d) Les élèves lisent un conte.
→ Il faut lire un
→ conte.

Fais le bilan

Le mot en couleur est un verbe : vrai ou faux ?

	Vrai	Faux
a) Je **vais** au cirque.	☑	☐
b) Le clown arrose le **public**.	☐	☒
c) Il **renverse** sa chaise.	☑	☐
d) **Les** enfants applaudissent.	☐	☒
e) Les lions **rugissent** sur la piste.	☑	☐

As-tu bien réussi ?

Leçon 4

Le sujet du verbe

Conseils Parents

• Pour aider l'enfant à repérer le sujet du verbe, commencez par lui faire identifier le verbe. Pour cela, appliquez les conseils de la leçon 3, c'est-à-dire changer le temps de la phrase à l'aide d'*hier* ou de *demain*.

• Invitez ensuite l'enfant à poser la question « Qui est-ce qui ? » devant le verbe conjugué de la phrase. Vérifiez que l'enfant pose bien la question devant le verbe et non derrière. Il risquerait de confondre sujet et complément d'objet direct.

Retiens l'essentiel !

Le sujet du verbe

▸ Le sujet du verbe désigne la personne, l'animal ou la chose **qui fait l'action** décrite par le verbe.

Ex. : Mon chien (sujet) aboie (verbe) dès qu'il (sujet) voit (verbe) un chat.

▸ Le sujet peut être :

– un **nom** ou un **groupe nominal** ; *Ex.* : La baleine est un cétacé.

– un **nom propre** ; *Ex.* : Picasso est un grand peintre.

– un **pronom personnel** ; *Ex.* : Vous parlez trop fort.

– un **verbe à l'infinitif**. *Ex.* : Fumer est mauvais pour la santé.

Trouver le sujet du verbe

Pour trouver le sujet d'un verbe, il faut poser la question « **Qui est-ce qui ?** » ou « **Qu'est-ce qui ?** » (si c'est une chose) **devant le verbe.**

Ex. : *Qui est-ce qui* aboie ? → C'est mon chien (groupe nominal sujet) qui aboie.

Regarde comment on fait !

Trouver le sujet du verbe

Quel est le sujet dans la phrase suivante ?

Les petits enfants jouent dans le jardin.

❶ Commence par identifier le **verbe de la phrase**. Pour cela, change **le temps** en commençant la phrase par ***hier*** ou ***demain***. Le mot qui change est le verbe.

Ex. : Hier, les petits enfants **jouaient** dans le jardin.

→ « jouaient » a changé. Le verbe de la phrase est donc : « jouent ».

❷ Pose la question « **Qui est-ce qui ?** » devant le verbe.

Ex. : « *Qui est-ce qui* » joue dans le jardin ?

Réponse : « Les petits enfants ».

→ « **Les petits enfants** » est donc le sujet du verbe « **jouent** ».

Entraîne-toi !

Corrigés → Guide Parents p. 5

1 ★ Entoure les verbes conjugués et souligne leur sujet.

a) Baptiste va au restaurant chinois.

b) Demain, je préparerai une tarte au citron.

c) Mon frère joue aux échecs.

d) Lily et Mélissa partent en vacances.

2 ★★ Complète les phrases avec le pronom sujet qui convient : je, tu, nous, vous, ils.

a) .... emporteront leur cartable en rentrant de l'école.

b) .... venions la voir tous les jours.

c) .... étiez mes meilleures amies.

d) .... sortiras par la porte principale.

e) .... prenais une douche tous les soirs.

3 ★★ Colorie le verbe en rouge et le sujet en bleu.

La | girafe | et | les | buffles | marchent | dans | la | savane.

4 ★★★ Relie avec le sujet qui convient.

Le Petit Poucet •	• a été mangée par le loup.
La grand-mère •	• a des cailloux dans ses poches.
Blanche-Neige •	• perd un soulier de verre.
Cendrillon •	• vit avec sept petits amis.

5 ★★★ Dans chaque phrase, encadre le sujet du verbe souligné puis remplace-le par un pronom personnel dans la case.

[..........] Le loup est un mammifère.

[..........] Les loups chassent en meutes.

[..........] La louve porte ses petits pendant deux mois.

[..........] Les louveteaux naissent au printemps.

Fais le bilan

Le groupe de mots en couleur est le sujet du verbe : vrai ou faux ?

	Vrai	Faux
a) L'horloge du salon sonne toutes les heures.	☐	☐
b) Marine et Lisa se sont inscrites à un tournoi d'échecs.	☐	☐
c) Le maire de la ville nous a souhaité ses meilleurs vœux.	☐	☐

As-tu bien réussi ?

Leçon 5

Les pronoms personnels sujets

Conseils Parents

• Il est bon d'entraîner l'enfant à remplacer les noms ou groupes nominaux sujets par des pronoms personnels. Pour cela, invitez l'enfant à repérer les sujets des verbes conjugués, puis demandez-lui d'identifier le genre (masculin, féminin, indéfini), le nombre (singulier ou pluriel) et la personne (1re, 2e ou 3e personne) du sujet. Enfin, faites-lui choisir le pronom adapté.

Retiens l'essentiel !

Qu'est-ce qu'un pronom personnel ?

Dans une phrase, un pronom est un mot qui **remplace un nom** ou un **groupe nominal**.

Ex. : Myriam et Anaïs vont au cinéma. → Elles vont au cinéma.
Le chat lèche ses pattes. → Il lèche ses pattes.

Elles et il sont des pronoms **personnels**.

Les pronoms personnels sujets

Les **pronoms personnels sujets** sont les pronoms utilisés dans la **conjugaison**.

		1re personne	2e personne	3e personne
Singulier	masculin	je	tu	il
	féminin			elle
	indéfini			on
Pluriel	masculin	nous	vous	ils
	féminin			elles

Regarde comment on fait !

Choisir le bon pronom personnel sujet

Remplace le sujet par un pronom personnel.
Les filles ont invité leurs copines pour le goûter.
Alexandre a terminé premier de la course.

1. Commence par chercher le **genre du sujet**. Est-il masculin ou féminin ?
Les filles → féminin (« une fille »). Alexandre → masculin (prénom de garçon).

2. Indique ensuite le **nombre du sujet**. Est-il singulier ou pluriel ?
Les filles → pluriel (il y en a plusieurs). Alexandre → singulier (il est tout seul).

3. Repère ensuite **la personne**. Est-ce la 1re, 2e ou 3e personne ? Choisis alors le **pronom personnel** qui convient en vérifiant dans le tableau de la leçon.
Les filles → féminin, pluriel, 3e personne donc le pronom qui convient est « elles ».
→ **Elles** ont invité leurs copines pour le goûter.
Alexandre → masculin, singulier, 3e personne donc le pronom qui convient est « il ».
→ **Il** a terminé premier de la course.

Entraîne-toi !

Corrigés → Guide Parents p. 5

1 ★ Dans chaque phrase, souligne les pronoms personnels sujets.

a) Elle a mélangé son chocolat au lait.

b) Nous avons beurré nos tartines grillées.

c) Ils ont préféré le café au thé.

d) Vous avez acheté de délicieux croissants.

e) Ils prendront de la confiture de fraises au début de l'été.

f) Elle aime les brioches.

2 ★★ Relie les pronoms personnels aux groupes nominaux.

Il	La panthère
Elle	Le boulanger
Nous	Jean et moi
Elles	Tom et le facteur
Ils	Pauline et Célia

3 ★★ Remplace les groupes de mots répétés par le pronom qui convient.

Le gâteau est brûlé. Le gâteau [il] n'est pas mangeable. Maman doit en préparer un autre. Maman [elle] doit se dépêcher car les invités arrivent dans une heure. Ma sœur et moi allons l'aider car ma sœur et moi [nous] sommes très gourmandes.

4 ★★★ Remplace les mots soulignés par le pronom personnel qui convient.

a) Le bus passe à 15 h précises. → [il]

b) La tour Eiffel est impressionnante. → [elle]

c) Les élèves sont prêts à écouter. → [ils]

d) Martin et Lou arrivent à la gare de Lyon. → [ils]

e) Paul et toi plantez des radis dans le jardin. → [vous]

f) Mon grand-père joue du violon. → [il]

Fais le bilan

Jules a-t-il choisi le bon pronom personnel ? Coche la bonne case.

	Vrai	Faux
a) Le gros chien mange des croquettes. → Il	☑	☐
b) Ces fleurs sentent bon. → Elles	☑	☐
c) Lamia et Florian sont fiancés. → Ils	☑	☐

As-tu bien réussi ?

Leçon 6

Noms communs et noms propres

Conseils Parents

- Pour aider l'enfant à distinguer les noms propres et les noms communs, insistez sur le caractère unique et précis des noms propres. Il n'y a qu'une seule capitale qui s'appelle *Paris*, etc.
- Invitez également l'enfant à éviter les pièges : une majuscule en début de phrase ne signale pas forcément un nom propre ; certains noms propres sont précédés de déterminants (les *Alpes*) et certains noms communs ne sont pas précédés de déterminants (*Roses* et *géraniums* ornent la terrasse), etc.

Retiens l'essentiel !

Les noms communs

- Les **noms communs** désignent des personnes, des animaux, des choses **en général.**
- Ils s'écrivent toujours **en minuscules.**
- Ils sont souvent **précédés d'un déterminant** (un, une, le, la, l', les, des...).

Ex. : L'avion et le train permettent de transporter des marchandises.
→ avion, train, marchandises sont des noms communs.

Les noms propres

- Les noms propres désignent **des personnes ou des lieux précis** : prénoms, noms de pays, de villes, de fleuves...
- Ils commencent par **une majuscule.**
- Ils s'emploient généralement **sans déterminant** (sauf les noms de pays, de fleuves, de montagnes ou de rivières...).

Ex. : Léa visite New York aux États-Unis. / La Loire est un fleuve.
→ Léa, New York, États-Unis, Loire sont des noms propres.

Regarde comment on fait !

Distinguer noms propres et noms communs

Classe les noms suivants en 2 catégories : noms propres et noms communs.
Jura – la Russie – voiture – papier – Jeanne – Dupont – stylo – pendule – Londres – bouteille – lunettes – cuisine

1. Repère les mots qui commencent par une **majuscule.**
Si ce sont des noms de personnes, des prénoms, des noms d'animaux, des lieux géographiques précis (pays, villes, continents, fleuves, mers, océans...), alors ce sont des noms propres.
→ Jura, Russie, Jeanne, Dupont, Londres sont des **noms propres.**

2. Les noms qui ne commencent pas par une majuscule sont des noms communs.
On peut mettre un **déterminant devant.**
→ (une) voiture, (du) papier, (un) stylo, (une) pendule, (une) bouteille, (des) lunettes, (la) cuisine sont des **noms communs.**

Entraîne-toi !

Corrigés → Guide Parents p. 5-6

1 ★ Colorie les noms propres.

information · gomme · Marseille · lampe · la Seine · un flacon · Jules · Québec · pleurer

2 ★ Coche les noms communs.

chambre [x]	tissu [x]	Zoé [ ]
Pologne [ ]	pays [x]	ville [x]
fleuve [x]	rose [x]	Picasso [ ]

3 ★★ Souligne les noms propres dans chaque phrase.

a) Le lapin de mon cousin s'appelle Pompon, son chien s'appelle Max.

b) Le saumon est pêché dans l'océan Atlantique.

c) Berlin est la capitale de l'Allemagne.

d) Célia et Julie ont invité Clément et Nathan à leur anniversaire.

4 ★★★ Classe les noms suivants dans le tableau.

Hugo • page • feuille • arbre • Molière • clavier • escalier • Venise • girafe • Garonne

Noms propres	Hugo - Molière - Venise - Garonne
Noms communs	page - feuille - arbre - clavier - escalier - girafe

5 ★★★ Dans chaque phrase, souligne les noms communs en vert et les noms propres en bleu.

a) Arthur veut regarder la télévision.

b) Ma sœur lit un roman passionnant.

c) Léa part en vacances en Australie.

Fais le bilan

Nom propre ou nom commun ? Mets une croix dans la bonne case.

	Noms propres	Noms communs
a) César	[x]	[ ]
b) camion	[ ]	[x]
c) Irlande	[x]	[ ]
d) rue	[ ]	[x]

As-tu bien réussi ?

Leçon 7

Les déterminants

Conseils Parents

- Pour aider l'enfant à repérer les déterminants, invitez-le à rechercher les noms et à observer les petits mots placés devant.
- Selon les exercices, l'enfant devra choisir les déterminants en accord avec les noms ou l'inverse. Il importe donc qu'il maîtrise bien les notions de genre et de nombre qui sont présentées plus en détail dans les leçons 8 et 9 de cet ouvrage.

Retiens l'essentiel !

Qu'est-ce qu'un déterminant ?

- Les **déterminants** sont des petits mots placés **devant les noms.**

Ex. : Ma sœur s'appelle Marion. Elle a des amies.
Ses amies sont gentilles.

- **Les déterminants s'accordent en genre** (masculin ou féminin) **et en nombre** (singulier ou pluriel) avec le nom qu'ils accompagnent.

Ex. : un cahier – une jupe – les fleurs – ces livres

un cahier	une jupe	les fleurs	ces livres
masculin singulier	féminin singulier	féminin pluriel	masculin pluriel

Les articles

- Les principaux déterminants s'appellent les **articles** :
le, la, les, l', un, une, des.

Ex. : un chapeau – le cheval – une otarie – des enfants – les montagnes

- On peut classer les articles dans un tableau.

	Masculin	Féminin
Singulier	un, le, l'	une, la, l'
Pluriel	les, des	les, des

Regarde comment on fait !

Choisir un article pour accompagner un nom

Trouve les articles pour accompagner les noms suivants.
machine – vélo – feutres – feuilles – ours

1. Identifie **le genre et le nombre** de chaque nom.
machine → féminin, singulier
vélo → masculin, singulier
feutres → masculin, pluriel
feuilles → féminin, pluriel
ours → masculin, singulier ou pluriel

2. Choisis **l'article adapté** en t'aidant du tableau ci-dessus.
la/une machine – le/un vélo – les/des feutres – les/des feuilles – l'/un ours *ou* les/des ours

Entraîne-toi !

Corrigés → Guide Parents p. 6

1 ★ Dans ces groupes nominaux, entoure les déterminants.

un chien – mon père – ton cousin – nos oiseaux – une plume – le hérisson – les tortues – la dame – un monsieur – le père – des tableaux

2 ★★ Choisis l'article qui convient.

a) (les, la, des) Les chèvres font du bon lait pour fabriquer des fromages.

b) (un, une, des) Une plume est tombée sur des nuages.

c) (la, un, des) Un autocar a eu un accident sur la route.

d) (l', les, des) Les hôtesses de l' air proposent à boire et à manger aux passagers de l' avion.

e) (la, des, le) Des nuages gris passent dans le ciel. La pluie ne va pas tarder à tomber.

3 ★★ Relie les déterminants aux noms.

ta	pieds
mes	main
ton	oreille
l'	coude
les	chevilles

4 ★★★ Classe les mots suivants dans le tableau.

un – tes – ces – mon – chemin – vache – la – tes – ongles – des

Articles	
Autres déterminants	les - un - ces - mon - la - tes - des
Noms	chemin - vache - ongles

Fais le bilan

Vrai ou faux ? Coche la bonne réponse.

	Vrai	Faux
a) Le déterminant et le nom qu'il accompagne s'accordent.	☑	☐
b) Un déterminant singulier peut accompagner un nom au pluriel.	☐	☒
c) Un déterminant féminin peut accompagner un nom au pluriel.	☐	☒

As-tu bien réussi ?

Leçon 8

Le genre des noms

Conseils Parents

- Sensibilisez l'enfant à la notion de genre en lui demandant le genre de certains noms. Vous pouvez lui donner les raccourcis suivants : « un = garçon = masculin ; une = fille = féminin ».
- À l'occasion de cet exercice, insistez sur des noms pour lesquels il peut y avoir ambiguïté parce qu'ils sont précédés d'un « l' ».
- Soulignez l'importance de connaître le genre des noms pour l'orthographe et les accords des adjectifs.

Retiens l'essentiel !

Masculin ou féminin

▸ Un nom peut être de **genre masculin** ou **féminin**.

▸ Un nom est au **masculin** s'il peut être précédé de l'article « un » ou « le ». *Ex. :* un poisson, le dauphin

▸ Un nom est au **féminin** s'il peut être précédé de l'article « une » ou « la ». *Ex. :* une truite, la poule

▸ L'article « l'» s'emploie aussi bien devant un nom féminin que devant un nom masculin s'il commence par une voyelle ou un « h ».
Pour connaître le genre du nom, il faut remplacer « l' » par « un » ou « une ».
Ex. : l'hippocampe → un hippocampe, donc le nom est masculin.
l'abeille → une abeille, donc le nom est féminin.

Les noms à la fois masculin et féminin

▸ Certains noms peuvent avoir **les deux genres**. Seul le déterminant devant le nom permettra de dire s'il est masculin ou féminin.
Ex. : un enfant : masculin / une enfant : féminin

▸ Attention, certains noms n'ont pas le même sens au féminin et au masculin !
Ex. : un livre de bibliothèque ≠ une livre de fruits
un moule à tarte ≠ une moule

Regarde comment on fait !

Trouver le genre d'un nom

Trouve le genre des noms suivants.
tableau – chaise – oiseau – moule

1. Pour trouver le genre des noms, commence par les faire précéder d'un article.
– Si tu peux mettre « un » ou « le » devant, c'est un nom masculin :
un tableau, un oiseau → noms masculins.
– Si tu peux mettre « une » ou « la » devant, c'est un nom féminin :
une chaise → nom féminin.

2. Vérifie si certains noms ne peuvent pas être à la fois masculin et féminin.
Le nom « moule » est à la fois masculin et féminin.
Pêcher une moule → nom féminin. Un moule à gâteau → nom masculin.

Entraîne-toi !

Corrigés → Guide Parents p. 6

1 ★ **Colorie les noms féminins.**

un chapeau | une veste | des chaussettes | un pantalon | une chemise | le col | les manches | les poignets | une cravate | des chaussures | les jupes | ta robe | ma doudoune | vos colliers | leur bonnet | leurs gants | ma gomme | un gilet

2 ★★ **Classe les noms dans le tableau.**

cheveux • oreille • nez • œil • visage • joue • lèvre • dents • langue • lait • moustache • barbe • cils • sourcils • cou • menton • front • main • épaule

Noms masculins	cils cheveux nez œil visage cou lait sourcils
Noms féminins	oreille joue barbe lèvre dents langue moustache

3 ★★ **Souligne les noms masculins en bleu et les noms féminins en rouge.**

a) Une femme porte un panier et une cruche remplie d'eau.

b) L'abeille butine le pollen de la fleur.

c) Le sportif est content de son exploit et de sa victoire.

4 ★★★ **Choisis le bon article : un, une, le ou la. Fais attention au sens des phrases !**

a) La mariée porte une voile.

b) Le marin abaisse la voile par grand vent.

c) Le bûcheron a allumé la poêle dans sa cabane pour avoir chaud.

d) On utilise une poêle plate pour faire sauter les crêpes.

e) Le jardinier a cassé la manche de sa pelle.

f) Mamie a fini de tricoter la manche de mon nouveau pull.

Fais le bilan

Coche la ou les bonne(s) case(s).

	Féminin	Masculin
a) hiver	☐	☒
b) fraise	☒	☐
c) hirondelle	☒	☐
d) élève	☒	☒

As-tu bien réussi ?

Leçon 9

Le nombre des noms

Conseils Parents

- Pour aider l'enfant à mémoriser les notions de singulier et de pluriel, donnez-lui un moyen mnémotechnique : *pluriel* commence par *plu* comme *plusieurs* ; *singulier* commence par *s* comme *seul.*
- Rappelez à l'enfant l'importance du nombre pour l'orthographe et notamment pour l'accord de l'adjectif avec le nom au sein du groupe nominal.

Retiens l'essentiel !

Singulier ou pluriel

▶ Lorsqu'un nom désigne **une seule** chose, **une seule** personne, **un seul** animal, il est au **singulier.** Il peut être précédé d'un **déterminant au singulier** : un, une, le, la, l', mon, ta...

Ex. : le train – la voiture – mon vélo – une moto – ta valise – l'oiseau

▶ Lorsqu'un nom désigne **plusieurs** choses, **plusieurs** personnes, **plusieurs** animaux, il est au **pluriel.** Il peut être précédé d'un **déterminant au pluriel** : des, les, mes, tes, leurs....

Ex. : les trains – les voitures – mes vélos – des motos – tes valises – leurs oies

Les marques du pluriel

▶ On marque souvent le pluriel en ajoutant un « **s** » à la fin du mot singulier.

Ex. : une pomme → des pommes   un livre → des livres

▶ La plupart des mots se terminant par « au » ou « eu » prennent un « **x** » au pluriel.

Ex. : un cheveu → des cheveux   un oiseau → des oiseaux

▶ Attention ! Certains mots s'écrivent de la même façon au singulier et au pluriel.

Ex. : une brebis → des brebis   un gaz → des gaz   un radis→ des radis

Regarde comment on fait !

Trouver le nombre d'un nom

Indique si les noms suivants sont au singulier ou au pluriel.

chiens – bateau – perdrix – cours

Rappelle-toi :
plusieurs = pluriel et
un seul = singulier !

1 Pour identifier le nombre d'un nom, fais-le précéder d'un **déterminant**.
– Si le déterminant est au **singulier**, le mot sera au singulier.
→ un bateau : singulier
– Si le déterminant est au **pluriel**, le mot sera au pluriel.
→ des chiens : pluriel ; des perdrix : pluriel ; des cours : pluriel

2 Attention aux mots qui s'écrivent de la même façon au singulier et au pluriel.
→ une perdrix ; un cours : ces mots peuvent aussi être au singulier.

Entraîne-toi !

Corrigés → Guide Parents p. 6

1 ★ Entoure les noms au singulier.

un chevreau • des chèvres • un bouc • les agneaux • la brebis • des béliers • un taureau • des vaches • un veau • des bœufs • des poules • un coq • des poussins • un poulet • une canne • des canards • les canetons • une oie • des jars • des oies • un cheval • des juments

2 ★★ Classe les noms dans le tableau.

des billes • une carte • une balle • des ballons • les dés • un cerceau • des dominos • une toupie • un dé • les bouteilles • les chevaux • l'os

singulier	l'os – une toupi
pluriel	des billes – des ballons

3 ★★ Complète le texte avec les mots suivants : joues – lunettes – casquette – nez.

Valentin porte des lunettes rondes et une casquette multicolore. Il a le nez rouge et les joues rebondies.

4 ★★★ Mets les groupes nominaux suivants au pluriel.

a) la jolie petite robe
→ Les jolies petites robes.

b) un gros chien roux
→ des gros chiens roux.

c) une planète bleue
→ ....

d) le petit chat gris
→ ....

e) ma chemise à fleurs
→ Mes chemises à fleurs.

Fais le bilan

Lily a indiqué le nombre des groupes nominaux suivants. A-t-elle écrit la bonne réponse ?

	Vrai	Faux
a) des chaussettes chaudes → *singulier*	☐	☒
b) un chou glacé → *singulier*	☒	☐
c) des fraises sucrées → *pluriel*	☒	☐
d) de vieux livres → *pluriel*	☒	☒

As-tu bien réussi ?

Leçon 10

L'adjectif qualificatif

Conseils Parents

- Pour développer l'imaginaire de l'enfant, invitez-le à préciser des noms en leur apposant des adjectifs qualificatifs.
- Demandez ensuite à l'enfant de faire l'accord de l'adjectif avec le nom au sein du groupe nominal. Pour cela, rappelez-lui qu'il doit d'abord identifier le genre et le nombre du nom auquel se rapporte l'adjectif avant de faire l'accord.

Retiens l'essentiel !

Qu'est-ce qu'un adjectif qualificatif ?

▸ Les adjectifs qualificatifs sont des mots qui **donnent des renseignements**, des précisions **sur les noms qu'ils accompagnent**. Ils les « qualifient ».

▸ L'adjectif qualificatif peut se placer **avant ou après le nom** qu'il qualifie.

Ex. : Les enfants sages écoutent une belle histoire.

Sages et belle sont des adjectifs qualificatifs.

Comment sont les enfants ? → Ils sont *sages*.

Comment est cette histoire ? → Elle est *belle*.

L'accord de l'adjectif qualificatif

Les adjectifs qualificatifs s'accordent en **genre** (masculin, féminin) et en **nombre** (singulier, pluriel) avec le nom qu'ils accompagnent.

Ex. : Des voitures bleues → « voitures » est féminin et au pluriel donc « bleues » est au féminin et au pluriel.

Une feuille verte → « feuille » est féminin et au singulier donc « verte » est au féminin et au singulier.

Regarde comment on fait !

Accorder l'adjectif avec le nom

Accorde l'adjectif qualificatif avec le nom auquel il se rapporte.

Les (gros) voitures consomment beaucoup d'essence.

1 Commence par **repérer le nom** qualifié par l'adjectif « gros ».
Tu peux te poser la question : « Qu'est-ce qui est gros ? »
→ Réponse : les voitures → donc « gros » qualifie le nom « voitures »

2 Cherche **le genre et le nombre du nom** auquel se rapporte l'adjectif.
Voitures est féminin (une voiture) et au pluriel parce qu'il y a plusieurs voitures.

3 **Accorde l'adjectif qualificatif** en genre et en nombre avec le nom.
Voitures est au féminin pluriel → « gros » doit s'accorder au féminin pluriel.
→ On écrit : Les grosses voitures consomment beaucoup d'essence.

Entraîne-toi !

Corrigés → Guide Parents p. 6

1 ★ Surligne les adjectifs dans les groupes nominaux suivants.

une meringue craquante

une glace sucrée — une crème brûlée

des citrons givrés — des fraises mûres

des verts paysages — une mer paisible

les roses jaunes

2 ★★ Relie les groupes nominaux aux adjectifs correspondants.

un enfant •	• solide
une porte •	• intelligent
des pierres •	• cirés
les parquets •	• taillées

3 ★★ Relie d'un trait les mots qui s'accordent.

le •	• grands •	• chat •	• blancs
une •	• grandes •	• chatte •	• blanches
deux •	• grande •	• chattes •	• blanc
les •	• grand •	• chats •	• blanche

4 ★★ Recopie les adjectifs suivants dans la colonne du mot qu'ils peuvent qualifier.

fraîche • gros • parfumée • doux • agressifs • effrayé • noirs • gris • tristes

des regards	une fleur	un lapin
....	....	....
....	....	....
....	....	....

5 ★★★ Accorde l'adjectif entre parenthèses avec le nom qu'il qualifie.

a) ma chienne (noir) ....

b) une (long) .... jupe

c) des voitures (rapide) ....

d) des robes (élégant) ....

e) des (gentil) .... voisins

f) une (beau) .... maison

Fais le bilan

Les adjectifs sont-ils bien accordés ? Coche la case qui convient.

	Vrai	Faux
a) de grands arbres	☐	☐
b) de longue griffes	☐	☐
c) les chevaux sauvages	☐	☐
d) de beaux tableaux	☐	☐

As-tu bien réussi ?

Leçon 11

Passé, présent, futur

Conseils Parents

• Il est important que l'enfant identifie les trois grandes périodes temporelles : le passé (ce qui s'est passé avant), le présent (ce qui se passe maintenant) et le futur (ce qui se passera demain). Aidez-le à mémoriser les adverbes ou marqueurs temporels associés à chaque période.

Retiens l'essentiel !

Le passé

▸ **Autrefois :** l'action est **terminée.** Elle s'est passée **avant.** C'est le **passé.**

Ex. : Autrefois, on utilisait des locomotives à vapeur.

▸ Il existe **différents marqueurs du passé** : *hier, l'année dernière, avant, jadis, autrefois, auparavant, il y a longtemps, l'autre jour...*

Le présent

▸ **Aujourd'hui** ou **maintenant :** l'action se passe au **moment où l'on parle** ou à l'**époque actuelle.** C'est le **présent.**

Ex. : Aujourd'hui, il existe des trains à grande vitesse.

▸ Il existe **différents marqueurs du présent** : *aujourd'hui, maintenant, actuellement, à présent, de nos jours, en ce moment...*

Le futur

Demain : l'action se passera **après.** C'est le **futur.**

Ex. : Demain, il existera peut-être des trains sur coussins d'air.

▸ Il existe **différents marqueurs du futur** : *demain, prochainement, l'année prochaine, dans quelques jours, bientôt...*

Regarde comment on fait !

Situer les temps des verbes entre passé, présent et futur

Situe les verbes suivants sur l'axe du temps.
je chanterai – je chante – j'ai chanté

Pour situer les temps des verbes sur l'axe du temps, ajoute un marqueur de temps (*hier, aujourd'hui, demain*) !

1 Dessine un **axe du temps** pour te repérer.

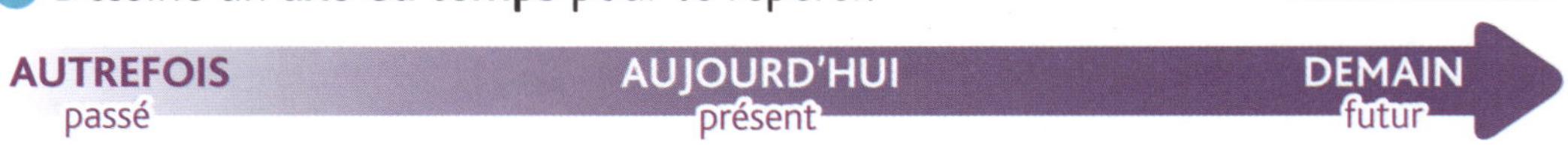

2 Pour situer un verbe conjugué sur cet axe du temps, ajoute un **marqueur de temps** comme « hier » pour le passé ; « maintenant » pour le présent ; « demain » pour le futur.

→ ~~*hier* je chanterai~~ / ~~*maintenant* je chanterai~~ / *demain* je chanterai
→ ~~*hier* je chante~~ / *maintenant* je chante / ~~*demain* je chante~~
→ *hier* j'ai chanté / ~~*maintenant* j'ai chanté~~ / ~~*demain* j'ai chanté~~

passé	présent	futur
j'ai chanté	je chante	je chanterai

Entraîne-toi !

Corrigés → Guide Parents p. 6-7

1 ★ Colorie les mots qui indiquent le présent.

aujourd'hui | demain | hier | l'an prochain | en ce moment | l'autre jour | plus tard | avant | maintenant | jadis | à l'heure actuelle

2 ★★ Relie les débuts et les fins de phrases qui vont ensemble.

- En ce moment •
- La semaine prochaine •
- Le siècle prochain •
- Le mois dernier •

- • on sera au XXIIe siècle.
- • Alexia dansait sur scène.
- • nous jouerons au tennis.
- • Louise joue sur sa tablette.

3 ★★ Souligne les verbes qui indiquent une action du passé.

Lou et Valentine sont amies. L'année dernière, elles allaient au même cours de chant. Elles aiment se retrouver pour jouer ensemble. Hier, elles ont fêté leur anniversaire. Demain, Lou apportera des gâteaux à sa maîtresse. Valentine apportera les boissons.

4 ★★★ Indique, pour chaque phrase, si elle est au passé, au présent ou au futur.

a) L'année prochaine, je changerai de voiture.
(futur)

b) En ce moment, il neige à la montagne.
(présent)

c) L'été dernier, j'ai fait un grand voyage.
(passé)

d) De nos jours, on peut lire des romans sur des tablettes. (présent)

Fais le bilan

Situe ces verbes conjugués sur l'axe du temps.

	Passé	Présent	Futur
a) il a dormi	☒	☐	☐
b) il pleuvra	☐	☒	☐
c) je joue	☐	☒	☐
d) nous dansions	☐	☐	☐

As-tu bien réussi ?

Leçon 12

Le présent des verbes du 1er groupe

Conseils Parents

- Il est important que l'enfant connaisse parfaitement les terminaisons des verbes du 1er groupe au présent de l'indicatif.
- Il est également utile d'insister sur les confusions éventuelles : ne pas confondre la terminaison *-er* de l'infinitif (chanter) et la terminaison *-ez* (vous chantez) ; attention, aller est une exception et n'est pas un verbe du 1er groupe.
- On s'attardera également sur la terminaison à la 3e personne du pluriel. Les enfants ont tendance à mettre un *s* à la fin du verbe au lieu de *-ent*.

Retiens l'essentiel !

Les verbes du 1er groupe

Les verbes du premier groupe sont les verbes dont l'infinitif **se termine par *-er*** (sauf *aller*).

Ex. : chanter – manger – danser

Le présent des verbes du 1er groupe

Les verbes du 1er groupe se conjuguent comme le verbe **chanter** :

je chante
tu chantes
il, elle, on chante
nous chantons
vous chantez
ils, elles chantent

Regarde comment on fait !

Conjuguer un verbe du 1er groupe au présent de l'indicatif

Conjugue les verbes entre parenthèses au présent de l'indicatif.
Théo et moi (manger) des frites.
Pierre et Martin (jouer) aux cartes.

1. Pour trouver la bonne terminaison du verbe, tu dois chercher son **sujet** en posant la question « Qui est-ce qui ? » devant le verbe.
Qui est-ce qui « mange » des frites ? → Réponse : Théo et moi.
Qui est-ce qui « joue » aux cartes ? → Réponse : Pierre et Martin.

2. Remplace le sujet par le **pronom personnel** de la conjugaison qui lui correspond.
Théo et moi = nous
Pierre et Martin = ils

3. Écris la **bonne terminaison** au présent de l'indicatif.
Théo et moi (nous) mangeons des frites.
Pierre et Martin (ils) jouent aux cartes.

Entraîne-toi !

Corrigés → Guide Parents p. 7

1 ★ Colorie la forme du verbe qui convient.

Le chien de Lou [dévore / dévorons / dévores] ses croquettes.

Les animateurs [inventons / inventez / inventent] un jeu de piste.

2 ★★ Relie les pronoms et les verbes correspondants.

Je •	• nages la brasse.
Tu •	• dansez la zumba.
Il •	• saute à pieds joints.
Nous •	• souffle fort.
Vous •	• remportons la victoire.
Elles •	• lancent le ballon dans le panier.

3 ★★ Conjugue au présent le verbe écrit entre parenthèses.

a) Vous (grimper) grimpez sur le mur.

b) Nous (sauter) sautons à la corde.

c) Ils (ramasser) ramassent les balles de tennis sur le court.

d) Elles (remporter) remportent la coupe.

4 ★★★ Remplace le sujet par un pronom, puis conjugue le verbe au présent.

a) Les enfants (= ils) (donner) donnent du pain aux chevaux.

b) Les carpes (= elles) (nager) nagent au fond de l'étang.

c) Mon frère et moi (= nous) (chercher) cherchons des champignons.

d) Papa et toi (= vous) (pêcher) pêchez au bord de l'eau.

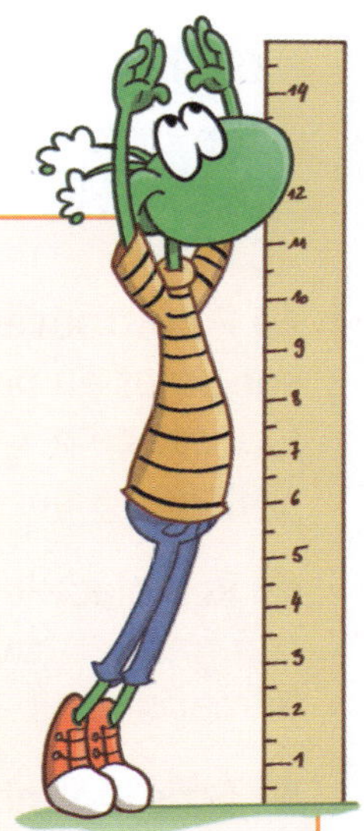

Fais le bilan

Coche la terminaison qui convient au présent.

	e	es	ons	ez	ent
a) je dans-	☑	☐	☐	☐	☐
b) vous regard-	☐	☐	☐	☑	☐
c) Pierre et Lucile chant-	☐	☐	☐	☐	☑
d) tu te mesur-	☐	☑	☐	☐	☐
e) maman et moi prépar-	☐	☐	☑	☐	☐

As-tu bien réussi ?

Leçon 13 Le futur des verbes du 1er groupe

Conseils Parents

- Il est important que l'enfant connaisse parfaitement la formation du futur des verbes du 1er groupe : infinitif du verbe + terminaisons des verbes du 1er groupe au futur.
- Il est également utile d'insister sur les pièges éventuels : bien écrire toutes les lettres de l'infinitif sans oublier celles qui deviennent muettes (*je crierai*, *j'oublierai*, etc.).

Retiens l'essentiel !

Le futur

▸ Pour conjuguer un verbe au futur, on peut ajouter un **marqueur de temps** qui indique que cela se passera **après** : *demain, plus tard, l'année prochaine…*

Ex. : Demain, nous visiterons le musée du Louvre.
Plus tard, tu auras une voiture.
Après, nous regarderons un bon film.

▸ Rappelle-toi : les verbes du 1er groupe ont leur infinitif en **-er**.

La conjugaison au futur des verbes du 1er groupe

Le futur des verbes du 1er groupe est formé de **l'infinitif du verbe** auquel on ajoute les **terminaisons du futur** : ai – as – a – ons – ez – ont.

je chanter**ai**	nous chanter**ons**
tu chanter**as**	vous chanter**ez**
il, elle, on chanter**a**	ils, elles chanter**ont**

Regarde comment on fait !

Conjuguer des verbes du 1er groupe au futur de l'indicatif

Conjugue les verbes entre parenthèses au futur de l'indicatif.
Ton frère et toi (visiter) le musée d'Orsay samedi prochain.
Demain, le maçon et le menuisier (travailler) sur le chantier.

1. Pour trouver la bonne terminaison du verbe, tu dois chercher son **sujet** en posant la question « Qui est-ce qui ? » devant le verbe.
Qui est-ce qui « visitera » le musée samedi prochain ? → Réponse : ton frère et toi.
Qui est-ce qui « travaillera » sur le chantier ? → Réponse : le maçon et le menuisier.

2. Remplace le sujet par le **pronom personnel** de la conjugaison qui lui correspond.
ton frère et toi = vous
le maçon et le menuisier = ils

3. Écris l'**infinitif du verbe** et ajoute la **bonne terminaison au futur** de l'indicatif.
Ton frère et toi (vous) visiter**ez** le musée d'Orsay samedi prochain.
Demain, le maçon et le menuisier (ils) travailler**ont** sur le chantier.

Entraîne-toi !

Corrigés → Guide Parents p. 7

1 ★ Souligne les verbes du 1er groupe conjugués au futur.

Léo dessine à l'encre de Chine. Il donnera son dessin à sa grand-mère. Elle habite aux États-Unis. Nous aimons ce pays. Ils voyageront l'été prochain.

2 ★★ Relie les pronoms et les verbes correspondants.

Je •	• arriverez à l'heure.
Tu •	• gardera sa nièce.
Il •	• gratterai la terre.
Nous •	• chercheront des œufs de Pâques.
Vous •	• embrasserons notre grand-père.
Elles •	• achèteras des mangas.

3 ★★ Ajoute la terminaison du futur qui convient.

a) Je savourer........ ce macaron.

b) Nous décorer........ la chambre.

c) On manger........ de bonne heure.

d) Raphaël et toi cuisiner........ pour Noël.

4 ★★★ Conjugue au futur le verbe écrit entre parenthèses.

a) Nous (réviser) réviserons nos leçons avant de partir à l'école.

b) Vous (réciter) réciterez la comptine.

c) Tu (coller) colleras ton dessin dans ton cahier.

d) Lou et Elisa (danser) danseront devant le jury.

e) Thomas et Paul (travailler) travailleront plus tard.

Fais le bilan

Les phrases suivantes sont-elles conjuguées au futur ? Coche la bonne réponse.

	Vrai	Faux
a) Je me promène dans les bois.	☐	☐
b) Tu ramasseras des cèpes.	☐	☐
c) Nous chercherons entre les arbres.	☐	☐
d) Marie et Charlotte marchent dans la gadoue.	☐	☐
e) Leur chien Hélios saute à travers la forêt.	☐	☐
f) Les arbres retrouveront leur feuillage au printemps.	☐	☐

As-tu bien réussi ?

Leçon 14

L'imparfait des verbes du 1er groupe

Conseils Parents

- Il est important que l'enfant connaisse parfaitement la formation de l'imparfait des verbes du 1er groupe : radical du verbe + terminaisons des verbes du 1er groupe à l'imparfait.
- Insistez également sur l'une des seules difficultés de l'imparfait : les terminaisons des première et deuxième personnes du pluriel des verbes en *-ier*. En effet, les enfants oublient souvent de mettre 2 « i » successifs : 1 pour le radical, 1 pour la terminaison.

Retiens l'essentiel !

L'imparfait

▸ L'imparfait est un **temps du passé.** Pour conjuguer un verbe à l'imparfait, on peut ajouter un marqueur de temps qui indique le passé : *hier, autrefois, avant, jadis*...

Ex. : Autrefois, nos grand-mères brodaient le linge de maison.
Jadis, les tablettes tactiles n'existaient pas.

▸ Rappelle-toi : les verbes du 1er groupe ont leur infinitif en **-er**.

La conjugaison à l'imparfait des verbes du 1er groupe

Pour former l'imparfait des verbes du 1er groupe, **on enlève *-er* à l'infinitif du verbe** et on ajoute les **terminaisons de l'imparfait** : ais – ais – ait – ions – iez – aient.

je chant**ais**	nous chant**ions**
tu chant**ais**	vous chant**iez**
il, elle, on chant**ait**	ils, elles chant**aient**

Regarde comment on fait !

Conjuguer un verbe du 1er groupe à l'imparfait de l'indicatif

Conjugue les verbes entre parenthèses à l'imparfait de l'indicatif.

Ma grand-mère (cuisiner) tout le temps.
Autrefois, les chevaliers (s'entraîner) pour les tournois.

1 Pour trouver la bonne terminaison du verbe, tu dois chercher son **sujet** en posant la question « Qui est-ce qui ? » devant le verbe.
Qui est-ce qui « cuisinait » tout le temps ? → Réponse : ma grand-mère.
Qui est-ce qui « s'entraînait » pour les tournois ? → Réponse : les chevaliers.

2 Remplace le sujet par le **pronom personnel** de la conjugaison qui lui correspond.
ma grand-mère = elle
les chevaliers = ils

3 **Retire *-er* à l'infinitif** du verbe et **ajoute la bonne terminaison** à l'imparfait de l'indicatif.
Ma grand-mère (elle) cuisin**ait** tout le temps.
Autrefois, les chevaliers (ils) s'entraîn**aient** pour les tournois.

Entraîne-toi !

Corrigés → Guide Parents p. 7

1 ★ Coche les verbes du 1er groupe conjugués à l'imparfait.

Je danse.	☐	Il rêvera.	☐
Nous aimions.	☐	Vous regardiez.	☐
Ils chantent.	☐	Tu sautais.	☐
Elles changeaient.	☐	On lancera.	☐
Nous chassions.	☐	Tu pêches.	☐

2 ★★ Complète les phrases avec un pronom qui convient.

a) .... chantions devant nos parents à la kermesse.

b) .... filmiez le spectacle.

c) .... répétaient leur numéro tous les jours.

d) .... dirigeait l'orchestre.

e) .... regardais avec attention.

f) .... dansaient en cadence.

3 ★★ Complète avec la terminaison qui convient.

a) Petite, j'aim........ les déguisements.

b) Autrefois, on utilis........ des lampes à pétrole.

c) Nous saut........ à la corde.

d) Vous écout........ aux portes.

4 ★★★ Conjugue à l'imparfait le verbe écrit entre parenthèses.

a) Nous (jouer) aux pirates.

→ ....

b) Vous (inventer) des histoires.

→ ....

c) Tu (chercher) un trésor.

→ ....

d) Elles (attaquer) le bateau marchand.

→ ....

Fais le bilan

Les phrases suivantes sont-elles conjuguées à l'imparfait ? Coche la bonne réponse.

	Vrai	Faux
a) Le petit chat se lèche les pattes.	☐	☐
b) Je contemplais la mer.	☐	☐
c) Nous installions notre campement.	☐	☐
d) Tu téléphones à tes amis.	☐	☐
e) Camille adorait les plantes vertes.	☐	☐
f) Martin pilotera sa moto dans le désert.	☐	☐

As-tu bien réussi ?

Leçon 15

Le présent des verbes *être* et *avoir*

Conseils Parents

- Il est important que l'enfant connaisse parfaitement la conjugaison des verbes *être* et *avoir* au présent de l'indicatif. Il doit pour cela écrire à plusieurs reprises la conjugaison du verbe, sous la dictée d'abord puis de mémoire.
- Cette connaissance est indispensable pour la maîtrise de la conjugaison des temps composés.

Retiens l'essentiel !

Le verbe *être* au présent

▸ Le verbe ***être*** peut s'utiliser seul ou pour conjuguer d'autres verbes (comme **auxiliaire**).

Il est en vacances. — Il est allé aux États-Unis. (est : auxiliaire)

▸ Au présent de l'indicatif, le verbe ***être*** se conjugue ainsi :

je suis	nous sommes
tu es	vous êtes
il, elle, on est	ils, elles sont

Le verbe *avoir* au présent

▸ Le verbe ***avoir*** peut s'utiliser seul ou pour conjuguer d'autres verbes (comme **auxiliaire**).

Il a un petit chien. — Il a fini son livre. (a : auxiliaire)

▸ Au présent de l'indicatif, le verbe ***avoir*** se conjugue ainsi :

j'ai	nous avons
tu as	vous avez
il, elle, on a	ils, elles ont

Regarde comment on fait !

Retrouver la conjugaison de *être* et *avoir*

Conjugue les verbes *être* et *avoir* au présent dans la phrase suivante.

Ma sœur (être) en retard mais nous (avoir) déjà son ticket de bus.

Pour retrouver la conjugaison de *être*, conjugue « être au cinéma », et pour *avoir*, conjugue « avoir froid ».

1. **Trouve les sujets** en posant la question « Qui est-ce qui ? ».
   Qui est-ce qui « est » en retard ? → Ma sœur (elle).
   Qui est-ce qui « a » déjà pris son ticket ? → Nous.
2. **Conjugue** « être au cinéma » avec « elle » : Elle est au cinéma.
3. **Conjugue** « avoir chaud » avec « nous » : Nous avons chaud.
4. **Complète** la phrase : Ma sœur est en retard mais nous avons déjà son ticket de bus.

Entraîne-toi !

Corrigés → Guide Parents p. 7

1 ★ **Relie chaque pronom au verbe qui lui correspond.**

J' •	• avez chaud.
Tu •	• avons des billets pour le spectacle.
Il •	• ai mal aux pieds.
Nous •	• a un vélo tout terrain.
Vous •	• ont des chapeaux ronds.
Ils •	• as des chaussures neuves.

2 ★★ **Complète les phrases avec le pronom qui convient.**

a) ....je.... suis malade.

b) ....il.... est temps de partir.

c) ....nous.... sommes ravis de vous voir.

d) ....vous.... êtes affamés.

3 ★★ **Complète les phrases avec le verbe *avoir* au présent.**

a) Tu .... un ami fidèle.

b) Elsa .... une guitare acoustique.

c) Vous .... raison.

4 ★★ **Complète les phrases avec le verbe *être* au présent.**

a) Nous .... des sœurs jumelles.

b) Mes grands-parents .... ravis de nous revoir.

c) Je .... maquillé en clown.

d) Elles .... heureuses de vivre.

5 ★★★ **Vrai ou faux ? Coche la bonne réponse.**

	Vrai	Faux
a) Avec *je*, les verbes *être* et *avoir* au présent se terminent par *-s*.	☐	☐
b) Avec *tu*, les verbes *être* et *avoir* au présent se terminent par *-s*.	☐	☐
c) Avec *ils* ou *elles*, les verbes *être* et *avoir* se terminent par *-ont*.	☐	☐
d) *Être* et *avoir* sont toujours employés comme auxiliaires.	☐	☐

Fais le bilan

S'agit-il du verbe *avoir* ou du verbe *être* ? Coche la bonne réponse.

	être	*avoir*
a) J'ai un gros nez rouge.	☐	☑
b) Elle est très gentille.	☑	☐
c) Vous avez beaucoup de chance.	☐	☑
d) Elles sont dans la même école.	☑	☐

As-tu bien réussi ?

Leçon 16

Le futur des verbes *être* et *avoir*

Conseils Parents

- Il est important que l'enfant connaisse parfaitement la conjugaison des verbes *être* et *avoir* au futur de l'indicatif. Il doit pour cela écrire à plusieurs reprises la conjugaison du verbe, sous la dictée d'abord puis de mémoire.
- Insistez sur l'absence de -s à la première personne du singulier et sur les confusions possibles entre les terminaisons -ons et -ont ou -as et -a.

Retiens l'essentiel !

Le verbe *être* au futur

Au futur de l'indicatif, le verbe ***être*** se conjugue ainsi :

je serai
tu seras
il, elle, on sera
nous serons
vous serez
ils, elles seront

Le verbe *avoir* au futur

Au futur de l'indicatif, le verbe ***avoir*** se conjugue ainsi :

j'aurai
tu auras
il, elle, on aura
nous aurons
vous aurez
ils, elles auront

Regarde comment on fait !

Apprendre la conjugaison des verbes *être* et *avoir* au futur

Compare et apprends la conjugaison des verbes *être* et *avoir* au futur de l'indicatif.

1. Commence par **lire la conjugaison** des verbes *être* et *avoir* au futur dans ta leçon.

2. Observe les **terminaisons du futur** pour les deux verbes : ai – as – a – ons – ez – ont.
Ne confonds pas :
nous serons – ils seront / tu seras – il sera /
nous aurons – ils auront / tu auras – il aura

3. **Recopie** ensuite la conjugaison de chaque verbe sans regarder le modèle et vérifie que tu n'as pas fait d'erreur.

Entraîne-toi !

Corrigés → Guide Parents p. 7

1 ★ Complète ces phrases avec le pronom qui convient.

a) .... auras de la visite demain.

b) .... serai à Venise le mois prochain.

c) .... auront du travail.

d) .... ne serons pas en retard à l'aéroport.

e) .... sera fatigué par le voyage.

2 ★★ Entoure la forme du verbe *être* qui convient.

a) Les enfants (seras – serai – seront) contents d'aller au cirque.

b) Tu (sera – seras – serez) assis à côté de moi.

c) Il (sera – serons – serez) épaté par le numéro des trapézistes.

d) Vous (serai – serez – seras) éblouis par les projecteurs.

e) Je (sera – seras – serai) ravie de grignoter du pop-corn.

3 ★★ Complète les phrases avec le verbe *avoir* au futur.

a) Tu .... une évaluation de grammaire.

b) Elle .... un livre à lire.

c) Vous .... les félicitations si vous faites des progrès.

d) J'.................... besoin de ma calculatrice.

4 ★★ Complète les phrases avec le verbe *être* au futur.

a) Ils .... heureux de se baigner.

b) Je .... au cinéma à 18 heures.

c) Elles .... sur les transats, au soleil.

d) Tu .... fier de moi.

5 ★★★ Complète les phrases avec le verbe *être* ou le verbe *avoir* au futur.

a) Emma .... un vélo à Noël.

b) Vous .... nombreux à cette sortie.

c) Ton père .... en colère si tu es en retard.

d) D'après la météo, nous .... de la neige dimanche.

Fais le bilan

Choisis le pronom qui convient.
Coche la bonne case.

	Je	Tu	Il, Elle	Nous	Vous	Ils, Elles
a) ... seront en stage de voile.	☐	☐	☐	☐	☐	☐
b) ... serons présents.	☐	☐	☐	☐	☐	☐
c) ... aurez une carte d'invitation.	☐	☐	☐	☐	☐	☐
d) ... serai chargé de faire les courses.	☐	☐	☐	☐	☐	☐

As-tu bien réussi ?

Leçon 17

Le passé composé des verbes du 1er groupe

Conseils Parents

- Pour maîtriser la conjugaison au passé composé, il est indispensable que l'enfant connaisse parfaitement la conjugaison des auxiliaires *être* et *avoir* au présent de l'indicatif.
- Insistez sur la notion de temps « composé » (c'est-à-dire composé de deux morceaux).
- Rappelez la différence de règle d'accord pour le participe passé : avec *être* (accord du participe passé avec le sujet) et avec *avoir* (pas d'accord avec le sujet).

Retiens l'essentiel !

Le passé composé

Le passé composé est un **temps composé du passé** : il est formé d'un **auxiliaire** (*être* ou *avoir*) et du **participe passé**.

La formation du passé composé des verbes du 1er groupe

Le passé composé des verbes du 1er groupe est formé de **deux mots** :

auxiliaire *avoir* ou *être* conjugué au présent + participe passé du verbe.

Ex. : Hier, j'ai (auxiliaire *avoir*) chanté (participe passé).   Hier, je suis (auxiliaire *être*) arrivé (participe passé).

auxiliaire *avoir* + participe passé	auxiliaire *être* + participe passé	
	Sujet du verbe au masculin	Sujet du verbe au féminin
j'ai chanté tu as chanté il, elle, on a chanté nous avons chanté vous avez chanté ils, elles ont chanté	je suis arrivé tu es arrivé il, on est arrivé nous sommes arrivés vous êtes arrivés ils sont arrivés	je suis arrivée tu es arrivée elle est arrivée nous sommes arrivées vous êtes arrivées elles sont arrivées
Le participe passé se termine toujours par *-é*. Il ne s'accorde pas avec le sujet.	Le participe passé s'accorde en genre et en nombre avec le sujet du verbe.	

Regarde comment on fait !

Conjuguer un verbe du 1er groupe au passé composé

Conjugue les verbes entre parenthèses au passé composé.

Nous (regarder) un film.   Elle (tomber) de cheval.

1. Commence par regarder si le verbe se conjugue avec l'auxiliaire *être* ou *avoir*.
On dit « j'ai regardé » → regarder se conjugue avec *avoir*.
On dit « je suis tombé » → tomber se conjugue avec *être*.

2. Recherche ensuite le **sujet du verbe** en identifiant **la personne**.
Nous → 1re personne du pluriel   Elle → 3e personne du singulier

3. Écris correctement l'auxiliaire au présent et le participe passé :
– avec *avoir*, pas d'accord du participe passé avec le sujet ; Nous avons regardé un film.
– avec *être*, accord du participe passé avec le sujet. Elle est tombée de cheval.

Entraîne-toi !

Corrigés → Guide Parents p. 7

1 ★ Souligne les verbes du 1er groupe conjugués au passé composé.

Je suis retournée à Londres. Il y avait beaucoup de monde. Nous avons visité le palais de la reine. Elle a parlé aux policiers. Les enfants y retourneront dans deux ans. Vous avez déjà travaillé en Angleterre ?

2 ★★ Relie les pronoms aux verbes correspondants.

J' •	• sommes rentrés tard.
Tu •	• a rangé sa chambre.
Il •	• ai ramassé les feuilles dans mon jardin.
Nous •	• sont tombées dans la piscine.
Vous •	• avez compté sur nous.
Elles •	• es arrivé à l'heure.

3 ★★ Observe l'auxiliaire et accorde le participe passé si nécessaire.

a) Léa est resté.... jusqu'au lever du jour.

b) Nina et sa sœur sont rentré.... avec Martin.

c) Paul et Tom sont monté.... à l'étage.

d) Vous avez chanté.... de vieilles chansons.

4 ★★★ Conjugue au passé composé le verbe écrit entre parenthèses.

a) Tu (travailler) toute la nuit.

→ ....

b) Evan et Lucas (nager) sous l'eau.

→ ....

c) Lou et Anaïs (entrer) en classe.

→ ....

d) Nous (fabriquer) une cabane dans les bois.

→ ....

Fais le bilan

Les phrases suivantes sont-elles au passé composé ? Coche la bonne réponse.

	Vrai	Faux
a) J'ai planté des bulbes de jacinthe.	☐	☐
b) Tu écoutes une nouvelle histoire.	☐	☐
c) Nous sommes arrivées chez toi.	☐	☐
d) Hélios et Maya auront des chiots.	☐	☐
e) Qui a volé l'orange ?	☐	☐
f) Il a mangé tard.	☐	☐

As-tu bien réussi ?

Leçon 18

Le passé composé des verbes *être* et *avoir*

Conseils Parents

- Montrez à l'enfant que les deux verbes forment leur passé composé avec le même auxiliaire : *avoir* au présent + participe passé.
- Montrez à l'enfant qu'au passé composé, le participe passé des verbes *être* et *avoir* s'écrit de la même façon à toutes les personnes (été / eu).

Retiens l'essentiel !

Le passé composé du verbe *être*

Le passé composé du verbe *être* est formé de :

l'auxiliaire *avoir* au **présent** + été.

« été » est le participe passé du verbe *être*.

j'**ai** été rapide
tu **as** été rapide
il, elle, on **a** été rapide
nous **avons** été rapides
vous **avez** été rapides
ils, elles, **ont** été rapides

Le passé composé du verbe *avoir*

Le passé composé du verbe *avoir* est formé de :

l'auxiliaire *avoir* au **présent** + eu.

« eu » est le participe passé du verbe *avoir*.

j'**ai** eu froid
tu **as** eu froid
il, elle, on **a** eu froid
nous **avons** eu froid
vous **avez** eu froid
ils, elles, **ont** eu froid

Regarde comment on fait !

Conjuguer les verbes *être* et *avoir* au passé composé

Conjugue les verbes entre parenthèses au passé composé.
Nous (avoir) la peur de notre vie.
Il (être) insolent.

Rappelle-toi :
être et *avoir*
se conjuguent avec
l'auxiliaire *avoir* au
passé composé !

1 Rappelle-toi la **formation du passé composé** pour les verbes *être* et *avoir* : auxiliaire *avoir* au présent + participe passé.

2 Recherche ensuite le **sujet du verbe** en identifiant **la personne**.
Nous → 1re personne du pluriel
Il → 3e personne du singulier

3 Conjugue correctement l'auxiliaire au présent et le participe passé.
Nous avons eu la peur de notre vie.
Il a été insolent.

Entraîne-toi !

Corrigés → Guide Parents p. 7

1 ★ Complète les phrases suivantes à l'aide de la leçon.

Le passé composé des verbes *être* et *avoir* se forme avec l'auxiliaire .... au .... de l'indicatif.

Le participe passé de *avoir* est .... et celui de *être* est ....

2 ★★ Complète les phrases avec le pronom qui convient.

a) .... a eu un message de son cousin.

b) .... avons eu peur de la tempête.

c) .... ont eu sept ans pendant les grandes vacances.

d) .... avez eu une mauvaise note.

e) .... ai eu envie de rire devant ce film.

f) .... as été à Londres cet été.

g) .... ont été de retour rapidement.

3 ★★ Entoure la forme du verbe qui convient.

a) Les filles (ai été – ont été – avez été) surprises par le froid.

b) Tu (as été – ont été – ai été) fier de me montrer tes progrès.

c) Il (ont été – avons été – a été) gâté par ses grands-parents.

4 ★★ Complète les phrases avec le verbe *être* ou *avoir* au passé composé.

a) Maman et Alice .... retardées par un accident sur la route.

b) Il .... gêné par ses camarades.

c) Elles .... de belles journées ensoleillées.

d) Nous .... prudents sur la route.

Fais le bilan

Coche le pronom qui convient.

	Je/J'	Tu	Il, Elle	Nous	Vous	Ils, Elles
a) ... ont été des enfants sages.	☐	☐	☐	☐	☐	☐
b) ... avons eu la migraine.	☐	☐	☐	☐	☐	☐
c) ... avez eu peur.	☐	☐	☐	☐	☐	☐
d) ... as eu pitié de lui.	☐	☐	☐	☐	☐	☐
e) ... ai été récompensé pour ma gentillesse.	☐	☐	☐	☐	☐	☐

As-tu bien réussi ?

Leçon 19

Le présent des verbes *faire, aller, dire et venir*

Conseils Parents

- L'enfant doit apprendre par cœur la conjugaison de ces quatre verbes au présent de l'indicatif. Il faut donc lui faire recopier plusieurs fois ces conjugaisons, avec modèle, puis sans modèle et vérifier.
- Insistez sur les erreurs fréquentes : on ne dit pas « vous disez » mais « vous dites », et on ne dit pas « vous faisez » mais « vous faites ».

Retiens l'essentiel !

Les verbes *faire, aller, dire et venir*

Les verbes *faire, aller, dire* et *venir* sont des **verbes du 3e groupe.**
Ce sont des **verbes irréguliers.**

La conjugaison de ces verbes au présent de l'indicatif

faire	*aller*	*dire*	*venir*
je fais	je vais	je dis	je viens
tu fais	tu vas	tu dis	tu viens
il, elle, on fait	il, elle, on va	il, elle, on dit	il, elle, on vient
nous faisons	nous allons	nous disons	nous venons
vous faites	vous allez	vous dites	vous venez
ils, elles font	ils, elles vont	ils, elles disent	ils, elles viennent

Regarde comment on fait !

Connaître la conjugaison des verbes *faire, aller, dire et venir* au présent

Conjugue les verbes entre parenthèses au présent.

Nous (faire) la sieste. Ils (venir) à Paris.
Vous (dire) bonjour. Tu (aller) à la piscine.

1 Rappelle-toi : *faire, venir, dire* et *aller* sont des **verbes irréguliers.**
Il faut connaître leur conjugaison **par cœur.**

2 Cherche le **sujet du verbe** en identifiant la personne.
Nous → 1re personne du pluriel
Vous → 2e personne du pluriel
Ils → 3e personne du pluriel
Tu → 2e personne du singulier

3 Récite dans ta tête la conjugaison de chaque verbe au présent et écris la forme qui convient. Vérifie bien les **terminaisons.**
Nous faisons la sieste.
Vous dites bonjour.
Ils viennent à Paris.
Tu vas à la piscine.

Entraîne-toi !

Corrigés → Guide Parents p. 8

1 ★ Colorie en bleu les conjugaisons du verbe *faire*, en rouge celles du verbe *aller*, en vert celles du verbe *dire* et en jaune celles du verbe *venir*.

je vais | il dit | je fais | ils vont

ils font | nous venons | vous dites

elles viennent | vous allez

2 ★★ Complète les phrases suivantes par les verbes *aller* ou *faire* au présent.

a) Je .... un délicieux gâteau au chocolat.

b) Je .... au cinéma tous les samedis.

c) Elles .... à la bibliothèque.

d) Ils .... du ski chaque hiver.

e) Nous .... chez le boucher.

f) Bonjour, comment .... -tu ?

3 ★★ Complète les phrases avec le pronom qui convient.

a) .... fais du vélo dans la forêt.

b) .... disons la vérité.

c) .... vient d'Afrique du Sud.

d) .... vont au zoo.

e) .... dites qu'elles sont jolies.

4 ★★★ Conjugue les verbes entre parenthèses au présent.

a) Nous (faire) .... des macarons au café.

b) Ils (venir) .... jouer avec nous.

c) Je (dire) .... au revoir à mes copains.

d) Elles (faire) .... de jolis bouquets.

e) Tu (venir) .... avec moi ?

Fais le bilan

S'agit-il des verbes *faire*, *aller*, *dire* ou *venir* ? Coche la bonne réponse.

	faire	*aller*	*dire*	*venir*
a) Sophie fait des grimaces.	☐	☐	☐	☐
b) Nous allons au marché.	☐	☐	☐	☐
c) Vous dites merci.	☐	☐	☐	☐
d) Petrouchka et Aliona viennent de Russie.	☐	☐	☐	☐
e) Marina et Baptiste font de la trottinette.	☐	☐	☐	☐
f) Ils vont chercher du pain.	☐	☐	☐	☐

As-tu bien réussi ?

Leçon 20

Les accords dans le groupe nominal

Conseils Parents

• Pour éviter les fautes d'accord au sein du groupe nominal, rappelez à l'enfant la méthode à suivre : repérer le nom noyau, identifier son genre et son nombre, chercher les adjectifs et les déterminants qui se rapportent à ce nom et faire tous les accords nécessaires.

Retiens l'essentiel !

La composition du groupe nominal

▸ Le plus petit groupe nominal est composé d'un **nom** (noyau du groupe nominal) et d'un **déterminant**.

Ex. : une (dét.) table (nom) – cet (dét.) animal (nom) – la (dét.) cheminée (nom)

▸ Il peut être enrichi d'**adjectifs qualificatifs.**

Ex. : une (dét.) table (nom) basse (adj.) – cet (dét.) animal (nom) poilu (adj.) et tigré (adj.)

Les accords au sein du groupe nominal

▸ Dans le groupe nominal, le déterminant et l'adjectif qualificatif s'accordent **en genre et en nombre** avec le nom qu'ils accompagnent.

Ex. : un petit chien (masc. sing.) – une petite chienne (fém. sing.)
des petits chiens (masc. pluriel) – des petites chiennes (fém. pluriel)

Regarde comment on fait !

Accorder l'adjectif dans le groupe nominal

Complète avec un déterminant qui convient et accorde les adjectifs avec les noms.

a) ... animaux (rusé) b) ... (beau) fille (rêveur)

1 Repère le **nom** de chaque groupe nominal et identifie **son genre et son nombre**.

a) ... animaux (rusé) → nom : animaux, masculin pluriel

b) ... (beau) fille (rêveur) → nom : fille, féminin singulier

2 Choisis les **déterminants**.

a) ... animaux (rusé)

→ Je dois choisir un déterminant masculin pluriel : des.

b) ... (beau) fille (rêveur)

→ Je dois choisir un déterminant féminin singulier : une.

3 **Accorde les adjectifs avec le nom** auxquels ils se rapportent.

a) ... animaux (rusé) → accord au masculin pluriel → des animaux rusés

b) ... (beau) fille (rêveur) → accord au féminin singulier → une belle fille rêveuse

Entraîne-toi !

Corrigés → Guide Parents p. 8

1 ★ **Coche le genre et le nombre des groupes nominaux suivants.**

	masculin	féminin	singulier	pluriel
des baleines				
une fleur				
mes amies				
leurs parents				
un poisson				

2 ★★ **Barre l'adjectif qui n'est pas bien accordé.**

les châteaux ~~fort~~ / forts

un garçon sérieux / ~~sérieuse~~

une ~~beau~~ / belle voiture

vos ~~joli~~ / jolis bijoux

3 ★★ **Entoure les groupes nominaux qui sont au féminin pluriel.**

un chat gris • des colombes blanches • un ours brun • des oies sauvages • des rats des champs • une poule rousse

4 ★★ **Écris ces groupes nominaux au pluriel.**

a) une oie blanche → ....

b) un canard sauvage → ....

c) un âne têtu → ....

d) un taureau nerveux → ....

5 ★★★ **Écris ces groupes nominaux au féminin.**

a) un cheval blanc → (jument) ....

b) un joli chat → (chatte) ....

c) un garçon moqueur → (fille) ....

d) un grand homme → (femme) ....

6 ★★★ **Accorde les groupes nominaux.**

a) J'ai vu de (belle) .... choses (étrange) ....

b) Des (petit) .... nuages (sombre) .... ont envahi le ciel.

c) La mer (argenté) .... s'est éclairée comme un miroir.

Fais le bilan

Les accords dans le groupe nominal sont-ils bien faits ? Coche la bonne réponse.

	Vrai	Faux
a) Les jours raccourcissent en décembre.	☐	☐
b) Des étoiles scintillante brillent dans le ciel bleu.	☐	☐
c) Le Voie lactée est bien visible ce soir.	☐	☐

As-tu bien réussi ?

Leçon 21

L'accord du verbe avec son sujet

Conseils Parents

- Dans les dictées ou les rédactions, demandez systématiquement à l'enfant d'effectuer une relecture consacrée à l'accord du verbe avec son sujet.
- Invitez-le à appliquer la méthode suivante :
  – Je cherche le verbe.
  – Je cherche le groupe sujet.
  – Je le remplace par un pronom de la conjugaison.
  – J'accorde le verbe avec le sujet.

Retiens l'essentiel !

Le groupe verbal

▸ Le **groupe verbal** peut être composé d'un **verbe seul** ou **d'un verbe et de ses compléments.**

Ex. : Le cheval galope. (verbe seul) Le chien ronge son os. (verbe + complément)

▸ Le groupe verbal indique **l'action** (ce que fait le sujet) ou **l'état**.

L'accord du verbe avec son sujet

▸ Le **verbe s'accorde** toujours en nombre et en personne **avec son sujet**.

▸ Si le sujet est au **singulier**, le verbe est au singulier.

Ex. : Elle habille sa poupée.
→ « habille » s'accorde avec le sujet « elle », 3e personne du singulier.

▸ Si le sujet est au **pluriel**, le verbe est au pluriel.

Ex. : Les livreurs déposent de nombreux paquets.
→ « déposent » s'accorde avec le sujet « les livreurs », 3e personne du pluriel.

Regarde comment on fait !

Accorder le verbe avec le sujet

Pour accorder le verbe, pense à remplacer le sujet par un pronom (il, nous, vous, elles...) !

Accorde le verbe entre parenthèses avec son sujet.
Les hirondelles (s'envoler) ... vers des pays chauds.

❶ Repère d'abord le **verbe à conjuguer.** Il s'accorde avec le sujet.
→ Le verbe à conjuguer est « s'envoler ».

❷ Recherche le **sujet du verbe** en posant la question « Qui est-ce qui ? » ou « Qu'est-ce qui ? » devant le verbe.
→ Qui est-ce qui s'envole vers les pays chauds ? → Réponse : « les hirondelles ».

❸ Pour accorder le verbe avec son sujet, identifie :
– le **nombre du sujet** : singulier ou pluriel ?
→ « Les hirondelles » : « les » indique qu'il y a plusieurs hirondelles, donc pluriel.
– le **pronom** qui peut le remplacer : il, elle, ils, elles... ?
→ « Les hirondelles » → elles : 3e personne du pluriel.
On écrit donc : Les hirondelles s'envolent vers les pays chauds.

Entraîne-toi !

Corrigés → Guide Parents p. 8

1 ★ Relie le groupe verbal au sujet qui convient.

Les enfants •	• est tombée.
La neige •	• brille.
Le soleil •	• ont chaussé leurs skis.
Le moniteur •	• allons passer une bonne journée.
Nous •	• arrive.

2 ★★ Dans chaque phrase, souligne le groupe sujet en vert et le groupe verbal en rouge.

a) Le facteur dépose le courrier.

b) La porte de l'immeuble doit rester ouverte.

c) Mon voisin a repeint sa moto. On dirait une moto de course.

d) À Noël, nous avons mangé une dinde farcie. Ma grand-mère avait aussi préparé une omelette norvégienne pour le dessert.

3 ★★ Accorde les verbes écrits entre parenthèses avec le sujet. Conjugue-les au présent.

a) Les radis (pousser) .... facilement dans le jardin.

b) Les enfants (verser) .... du terreau sur le sol.

c) Emma (faire) .... un petit creux avec sa main.

d) Nous (déposer) .... une graine au fond du trou.

e) Tu (arroser) .... les plantations.

4 ★★★ Mets les phrases au pluriel. Fais attention aux accords sujet-verbe !

a) Je dessine un château.

→ ....

b) Tu dégustes un fruit délicieux.

→ ....

c) Il croque une pomme.

→ ....

Fais le bilan

Les verbes suivants sont-ils bien accordés ? Coche la bonne réponse.

	Vrai	Faux
a) Louise se maquillent dans la salle de bains.	☐	☐
b) Maman lui prête son rouge à lèvres.	☐	☐
c) Son petit frère se moques d'elle.	☐	☐
d) Les pompiers du quartier éteignent l'incendie.	☐	☐

As-tu bien réussi ?

Leçon 22

Les homophones : *a/à*, *et/est*

Conseils Parents

- Les homophones grammaticaux peuvent être une source d'erreurs pour l'enfant. Il faut donc l'entraîner régulièrement à choisir le bon.
- Pour cela, rappelez-lui les astuces utiles : « est » peut être remplacé par « était », « a » peut être remplacé par « avait ». Il convient d'être particulièrement attentif sur ce point dans les dictées.

Retiens l'essentiel !

Les homophones *a / à*

▸ **a** (sans accent) est le **verbe *avoir*** au présent, à la 3e personne du singulier.
Dans ce cas, on peut remplacer « a » par « avait ».
Ex. : Paul a perdu une dent. → Paul avait perdu une dent.

▸ **à** (avec accent) est une **préposition invariable**.
Dans ce cas, on ne peut pas remplacer « à » par « avait ».
Ex. : le patin à roulettes → le patin ~~avait~~ roulettes

Les homophones *et / est*

▸ **est** est le **verbe *être*** au présent, à la 3e personne du singulier.
Dans ce cas, on peut remplacer « est » par « était ».
Ex. : Mon père est fatigué. → Mon père était fatigué.

▸ **et** est une **conjonction de coordination invariable.**
Dans ce cas, on peut remplacer « et » par « et puis ».
Ex. : Il faut manger des fruits et des légumes.
→ Il faut manger des fruits et puis des légumes.

Regarde comment on fait !

Choisir le bon homophone

Complète les phrases suivantes avec a ou à.
Le train ... vapeur n'existe plus. Tom en ... un en modèle réduit.

Pour choisir entre « a » et « à », remplace par « avait ».

1. Si la phrase a un sens, c'est le verbe *avoir* qu'il faut choisir et donc écrire « a » sans accent.
2. Si la phrase n'a pas de sens, ce n'est pas le verbe *avoir* mais la préposition « à » qu'il faut choisir.

Le train ~~avait~~ vapeur n'existe plus. → La phrase ne veut rien dire, on ne peut pas utiliser « avait ». → Le train **à** vapeur n'existe plus.
Tom en *avait* un en modèle réduit. → La phrase a un sens, on doit utiliser le verbe *avoir*.
→ Tom en **a** un en modèle réduit.

Entraîne-toi !

Corrigés → Guide Parents p. 8

1 ★ Complète ce texte pour vérifier si tu connais ta leçon.

a) *A* est le verbe .... au présent, à la 3e personne. On peut le remplacer par ....

b) *Est* est le verbe .... au présent, à la 3e personne. On peut le remplacer par ....

c) *À* est une ....

d) *Et* est une .... de ....

2 ★★ Complète avec a ou à.

a) Martin ..... gagné la première place ..... la course.

b) Le mécanicien ..... réparé la crevaison de cette roue.

c) Il ..... déposé une lettre ..... la poste.

d) Ne touche pas ..... cette prise électrique !

e) La lampe ..... pétrole ..... disparu.

3 ★★ Complète avec et ou est.

a) Un nouveau directeur .... arrivé cette année.

b) L'ascenseur .... en panne depuis deux jours !

c) Juliette .... Thomas viennent d'arriver.

d) Quel .... son âge ?

e) Tu préfères fraise .... chocolat ou vanille .... cassis ?

4 ★★★ Complète avec et ou est.

Cendrillon .... l'héroïne d'un conte merveilleux. Sa mère .... morte .... la nouvelle femme de son père .... très méchante. Avec ses deux filles, celle-ci tourmente Cendrillon .... la malmène. La pauvre jeune fille .... malheureuse .... elle pleure souvent mais l'histoire finit bien.

Fais le bilan

Choisis l'homophone qui convient en cochant la bonne case.

	à	a	est	et
a) J'aime le jus de pomme ... le jus de fraise.	☐	☐	☐	☐
b) Myriam ... sortie faire quelques courses.	☐	☐	☐	☐
c) Où est le fer ... repasser ?	☐	☐	☐	☐
d) Ludovic n'... pas rangé le livre à sa place !	☐	☐	☐	☐

As-tu bien réussi ?

Leçon 23

Les homophones : *on/ont, son/sont*

Conseils Parents

- Comme on l'a vu dans la leçon 22, les homophones grammaticaux sont une source d'erreurs. Il faut donc entraîner l'enfant régulièrement.
- Pour cela, rappelez-lui les astuces utiles : « ont » peut être remplacé par « avaient », « sont » peut être remplacé par « étaient ».

Retiens l'essentiel !

Les homophones *ont / on*

▸ **ont** est le **verbe *avoir*** conjugué à la 3e personne du pluriel au présent.
Dans ce cas, on peut remplacer « ont » par « avaient ».
Ex. : Ma sœur et mon frère ont peur de ce film.
→ Ma sœur et mon frère avaient peur de ce film.

▸ **on** est un **pronom personnel**.
Dans ce cas, on peut remplacer « on » par « il ».
Ex. : On fait du sport tous les lundis. → Il fait du sport tous les lundis.

Les homophones *sont / son*

▸ **sont** est le **verbe *être*** conjugué à la 3e personne du pluriel au présent.
Dans ce cas, on peut remplacer « sont » par « étaient ».
Ex. : Ils sont captivés par le film. → Ils étaient captivés par le film.

▸ **son** est un **déterminant possessif.**
Dans ce cas, on peut remplacer « son » par « mon ».
Ex. : Elsa a déchiré son manteau. → Elsa a déchiré mon manteau.

Regarde comment on fait !

Choisir le bon homophone

Complète les phrases suivantes avec on ou ont.
Les dinosaures ... disparu. ... n'en voit plus.

Rappelle-toi : on peut remplacer « ont » par « avaient » !

Pour choisir entre « on » et « ont », remplace par « avaient ».

1. Si la phrase a un sens, c'est le verbe *avoir* qu'il faut choisir et donc écrire « ont ».
2. Si la phrase n'a pas de sens, ce n'est pas le verbe *avoir* mais le pronom « on » qu'il faut choisir. On peut vérifier en remplaçant « on » par « il ».

Les dinosaures avaient disparu. → La phrase a du sens, on utilise le verbe *avoir*.
→ Les dinosaures **ont** disparu.

Il n'en voit plus. → La phrase a un sens, on doit utiliser le pronom personnel « on ».
→ **On** n'en voit plus.

Entraîne-toi !

Corrigés → Guide Parents p. 8

1 ★ Complète ce texte pour vérifier si tu connais ta leçon.

a) *Ont* est le verbe .... au présent,

à la 3e personne du pluriel. On peut

le remplacer par ....

b) *Sont* est le verbe .... au présent,

à la 3e personne du pluriel. On peut

le remplacer par ....

c) *On* est un ....

d) *Son* est un déterminant ....

2 ★★ Complète avec on ou ont.

a) Martin et Louis .... terminé leur dessin.

b) Les coureurs .... bien préparé leur course.

c) .... ne doit pas fumer dans les lieux publics.

d) Ils .... reçu une carte postale.

e) .... va acheter une nouvelle télévision.

3 ★★ Complète avec son ou sont.

a) Les portières de la voiture .... bloquées par la glace !

b) Jules et .... cousin Tristan viennent d'arriver à la maison.

c) Quels .... leurs livres préférés ?

d) Ces fruits .... vraiment mûrs, il faut les manger sans tarder.

e) Stella a collé .... étiquette sous son porte-manteau.

4 ★★★ Complète avec on/ont ou son/sont.

Au cinéma, ... ne doit pas faire de bruit pour ne pas gêner les spectateurs. Les élèves l'............... bien compris et ils .... très silencieux. Concentrés sur le film, ils .... muets. Seuls Paul et .... voisin chuchotent de temps en temps.

Fais le bilan

Choisis le mot qui convient en cochant la bonne case.

	on	ont	sont	son
a) Le raisin et la mûre ... les parfums que je préfère.	☐	☐	☐	☐
b) ... père s'est fâché quand il a appris sa bêtise.	☐	☐	☐	☐
c) ... ne risque pas d'y arriver.	☐	☐	☐	☐
d) Ils ... mangé trop de chocolat, ils sont malades.	☐	☐	☐	☐

As-tu bien réussi ?

Leçon 24

Écrire les sons (s) et (z)

Conseils Parents

- Demandez à l'enfant de lire les mots à haute voix pour voir s'il faut écrire le son (s) ou le son (z).
- Revoyez avec lui les différentes façons d'écrire le son (s) et le son (z).
- Insistez sur l'importance d'apprendre par cœur l'orthographe des mots et sur la nécessité de consulter le dictionnaire lorsqu'on a un doute.

Retiens l'essentiel !

Le son (s)

Le **son (s)** peut s'écrire :

- **s** — *Ex. :* un sac – un secret
- **ss** entre deux voyelles — *Ex. :* un coussin – une classe
- **c** devant e, i ou y — *Ex. :* la police – un cygne
- **ç** devant a, o et u — *Ex. :* un garçon – un aperçu
- à l'aide des lettres **t, sc** ou **x** — *Ex. :* une soustraction – les sciences – six

Le son (z)

Le **son (z)** peut s'écrire :

- **z** — *Ex. :* un zoo – un zéro
- **s** entre deux voyelles — *Ex. :* une rose – une crise
- **x** — *Ex. :* une deuxième – le sixième

Regarde comment on fait !

Choisir entre « s » et « ss »

Complète les mots suivants par « s » ou « ss » pour obtenir le son (s).

bo...e – ca...ée – ...ervice – pe...te

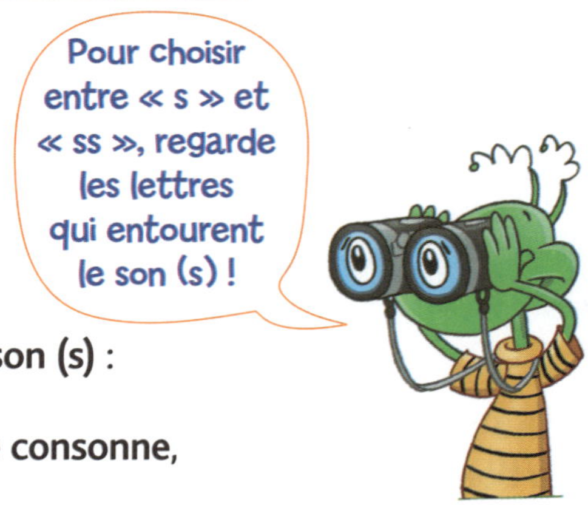

❶ Pour choisir entre « s » ou « ss », repère la **place du son (s)** :
– s'il est **encadré par des voyelles**, on écrit « ss » ;
– s'il est **en début de mot**, ou **entre une voyelle et une consonne**, ou **entre deux consonnes**, on écrit « s ».

bosse → Le son (s) est encadré par les voyelles « o » et « e ». → On écrit « ss ».
cassée → Le son (s) est encadré par les voyelles « a » et « é ». → On écrit « ss ».
service → Le son (s) est en début de mot. → On écrit « s ».
peste → Le son (s) est entre la voyelle « e » et la consonne « t ». → On écrit « s ».

❷ Mais attention, il existe **d'autres façons d'écrire le son (s)**. Il faut donc être très attentif à l'orthographe des mots.

Entraîne-toi !

Corrigés → Guide Parents p. 9

1 ★ Classe les mots dans le tableau.

pastèque – cousin – rasoir – stylo – piscine – zébu – poisson – onze – coussin – musique – poésie – citron – glaçon

J'entends le son (s)	J'entends le son (z)
…………	…………
…………	…………
…………	…………
…………	…………

2 ★★ Complète avec s ou ss.

a) une boi……on – un in……ecte – le bu…… – du ti……u – le ……irop – une chai……e

b) une répon……e – la ……tatue – une ……ecou……e – du maï…… – le ……auci……on – la maître…… e

c) une ro……e – du pi……enlit – mon cou……in – une pi……te

3 ★★ Complète avec c ou ç.

a) le ….yclone – le gla….on – la ra….ine – un commer….e – un ….itron – la chan….e

b) une le….on – mer….i – la balan….e – le ma….on – l'auda….e – un gar….on

4 ★★ Complète avec s, z ou x.

zig….ag • rai….in • deu….ième • chimpan….é • ha….ard • sei….e • mai….on • ….este • si….ième

5 ★★★ Retrouve l'intrus dans chaque liste.

a) bourse – source – soupe – blouse – soupir

→ …………

b) repassage – caresse – boisson – ours – vaisselle

→ …………

c) maison – raison – chaise – cerise – poisson – poison – grise – bison – case

→ …………

Fais le bilan

J'entends le son (s) ou le son (z) ? Coche la bonne réponse.

	Son (s)	Son (z)
a) un dessert …………	☐	☐
b) le désert …………	☐	☐
c) un cousin …………	☐	☐
d) un coussin …………	☐	☐

As-tu bien réussi ?

Leçon 25

Écrire les sons (g) et (j)

Conseils Parents

- Demandez à l'enfant de lire les mots à haute voix pour voir s'il faut écrire le son (g) ou le son (j).
- Revoyez avec lui les différentes façons d'écrire le son (g) et le son (j). Montrez l'importance de regarder la lettre qui suit la lettre g. Faites-lui apprendre cette suite à haute voix : « ga – go – gu – ge – gi – gy ».

Retiens l'essentiel !

Le son (g)

Le **son (g)** peut s'écrire :

- **g + a** *Ex. :* un gâteau – un galet
- **g + o** *Ex. :* un gorille – une goutte
- **g + u** *Ex. :* Gustave – un légume
- **gu + e** *Ex. :* une figue – une digue
- **gu + i** *Ex. :* une guitare – du gui

Le son (j)

Le **son (j)** peut s'écrire :

- **g + e** *Ex. :* geler – rouge
- **g + i** *Ex. :* une girafe – agiter
- **g + y** *Ex. :* un gymnase
- **ge + a** *Ex. :* il rangea
- **ge + o** *Ex. :* un bourgeon
- **j** *Ex. :* jaune – jeter – un jeton

Regarde comment on fait !

Choisir entre « g », « gu » ou « ge »

Complète les mots suivants par « g », « gu » ou « ge ».
un ....épard – bei....e – une ....ifle – bé....ayer – un plon....on

Prononce le mot à haute voix pour savoir s'il se prononce (g) ou (j).

1 Pour choisir entre « g » ou « gu » pour obtenir le son (g), repère **la lettre qui suit le son (g)** :
– si c'est la lettre *a*, *o* ou *u*, alors il faut écrire « g » ;
– si c'est la lettre *e*, *i* ou *y*, alors on écrit « gu ».
bégayer → Le son (g) s'écrit « g » car il est suivi de « a ».
un guépard → Le son (g) s'écrit « gu » car il est suivi de « é ».

2 Pour choisir entre « g » ou « ge » pour obtenir le son (j), repère **la lettre qui suit le son (j)** :
– si c'est la lettre *e*, *i* ou *y*, alors il faut écrire « g » ;
– si c'est la lettre *a* ou *o*, il faut écrire « ge ».
beige → Le son (j) s'écrit « g » car il est suivi d'un « e ».
une gifle → Le son (j) s'écrit « g » car il est suivi d'un « i ».
un plongeon → Le son (j) s'écrit « ge » car il est suivi d'un « o ».

Entraîne-toi !

Corrigés → Guide Parents p. 9

1 ★ Classe les mots dans le tableau.

bague – gel – groupe – gentil – église – organisation – jouer – orange – jardin – rigide – grosse – guider – pigeon – glaçon

J'entends le son (g)	J'entends le son (j)
....	....
....	....
....	....

2 ★★ Dans ces mots, quel son fait la lettre g ? Coche la bonne réponse.

	Son (g)	Son (j)
a) une grenouille		
b) un genou		
c) une bougie		
d) une guirlande		
e) une graine		
f) un gendarme		

3 ★★ Barre l'intrus dans chaque liste.

a) du cirage – la magie – un angle – la neige – beige – la géométrie

b) la guêpe – la guitare – la gare – le guidon – une guirlande – une figue

c) une cigogne – un singe – un gâteau – l'ogre – une algue – un gorille

d) un degré – un groupe – grandir – germer – une glace

4 ★★★ Complète avec g, gu ou ge.

a) un bou........oir en argent

b) un ....az inodore

c) la car........aison du navire

d) un bonbon à la ....imauve

e) des ....orilles dans la forêt

f) une ancienne lé........ende

Fais le bilan

Faut-il écrire « g » ou « gu » ? Coche la bonne case.

	g	gu
a) un ...arage	☐	☐
b) une va...e	☐	☐
c) un ...épard	☐	☐
d) la ...éologie	☐	☐
e) une ...irafe	☐	☐

As-tu bien réussi ?

Leçon 26

L'ordre alphabétique

Conseils Parents

• Pour chercher un mot dans le dictionnaire, il est indispensable que l'enfant connaisse l'alphabet par cœur. Invitez ce dernier à le réciter régulièrement, éventuellement sous forme de comptine.

Retiens l'essentiel !

L'alphabet

▸ Il y a **26 lettres** dans notre alphabet.
A B C D E F G H I J K L M N O P Q R S T U V W X Y Z

▸ Ces lettres se répartissent en :
– 6 **voyelles** : A E I O U Y
– 20 **consonnes** : B C D F G H J K L M N P Q R S T V W X Z

L'ordre alphabétique et le dictionnaire

▸ Dans un dictionnaire, les mots sont rangés dans l'ordre des lettres de l'alphabet. On l'appelle **l'ordre alphabétique.**

▸ Pour trouver un mot dans un dictionnaire, il faut regarder la **première lettre** de ce mot.
Ex. : abeille – branche → abeille est rangé avant branche parce que a est avant b dans l'alphabet.

▸ Si deux mots commencent par la même lettre, tu devras regarder et comparer la **deuxième lettre**, et ainsi de suite.
Ex. : abeille – avion → abeille et avion commencent par la même lettre, donc on regarde la deuxième lettre.
→ abeille est rangé avant avion parce que b est avant v dans l'alphabet.

Regarde comment on fait !

Classer des mots par ordre alphabétique

Range les trois mots suivants dans l'ordre alphabétique.
avion – corde – accident

❶ Commence par souligner la **première lettre** de chaque mot et compare leur place dans l'alphabet.
avion – corde – accident → avion et accident commencent par un a. Ils seront donc avant le mot corde qui commence par un c.

❷ Tu dois à présent classer les mots avion et accident. Ils commencent par la même lettre, tu dois donc regarder la **deuxième lettre**.
avion – accident → c se trouve avant v dans l'alphabet : accident sera donc placé avant avion dans l'alphabet.

Le classement des trois mots par ordre alphabétique est donc le suivant :
accident – avion – corde.

Entraîne-toi !

Corrigés → Guide Parents p. 9

1 ★ **Complète l'alphabet.**

A B ... D E ... G

H ... J K L ... N

O P ... R S T ...

... W ... Y ...

2 ★★ **Trouve les lettres qui précèdent et celles qui suivent.**

a) ... C D E ...

b) ... G H I ...

c) ... M N O ...

d) ... S T U ...

e) ... W X Y ...

3 ★★ **Barre l'intrus dans les listes suivantes.**

C	D	E	H	F	G

J	K	B	L	M	N

P	Q	A	R	S	T

H	I	J	K	T	L

4 ★★★ **Complète ces séries en respectant l'ordre alphabétique.**

F	G		I	J	

	U	V		X	Y

C		E	F		H

L			O	P	Q

5 ★★★ **Numérote ces mots dans l'ordre alphabétique.**

nuage ☐ – pierre ☐ – avocat ☐ –

voiture ☐ – miel ☐ – loi ☐ – matin ☐ –

loupe ☐ – papier ☐ – âne ☐

6 ★★★ **Copie ces verbes par ordre alphabétique.**

pleurer rire manger marcher

servir sortir planter rester

1. ....
2. ....
3. ....
4. ....
5. ....
6. ....
7. ....
8. ....

Fais le bilan

Les mots suivants sont classés dans l'ordre alphabétique : vrai ou faux ?

	Vrai	Faux
a) chou – salade – potiron	☐	☐
b) pelle – plantoir – râteau	☐	☐
c) fruit – graine – noyau	☐	☐
d) peau – pulpe – chair	☐	☐

As-tu bien réussi ?

Leçon 27

Synonymes et homonymes

Conseils Parents

- Pour aider l'enfant à enrichir son vocabulaire, incitez-le à rechercher régulièrement des synonymes de mots. Lorsqu'il manque d'inspiration, invitez-le à consulter le dictionnaire et montrez-lui où apparaissent les synonymes.
- Concernant les homonymes, rappelez à l'enfant l'importance de comprendre le sens de la phrase pour choisir la bonne orthographe.

Retiens l'essentiel !

Les synonymes

Des mots qui **veulent dire presque la même chose** sont des **synonymes.**

Ex. : délicieux et fameux sont des synonymes.
gigantesque et immense aussi.

Les homonymes

Des mots qui **se prononcent de la même façon**, mais qui **ne veulent pas dire la même chose** sont des **homonymes.**
Attention, souvent ils ne s'écrivent pas de la même façon.

Ex. : Le maire de la ville préside le conseil municipal.
J'aime me baigner dans la mer.
→ maire et mer sont des homonymes.

Regarde comment on fait !

Bien écrire des homonymes dans une phrase

Complète les phrases suivantes avec le bon mot :
verre / vert / ver.

Le haricot est un légume ....
Il a renversé son .... sur la table.
Le .... à soie est une chenille.

Rappelle-toi :
on choisit le mot
en fonction du sens
de la phrase !

1 Pour choisir le bon mot, il faut comprendre le **sens de chaque phrase** et celui de chaque homonyme.
Verre : récipient dans lequel on boit.
Vert : couleur verte.
Ver : animal.

2 En fonction du sens de la phrase, on choisit le mot qui convient.
Si on a un doute, on vérifie dans le **dictionnaire**.
Le haricot est un légume vert.
Il a renversé son verre sur la table.
Le ver à soie est une chenille.

Entraîne-toi !

Corrigés → Guide Parents p. 9

1 ★ **Colorie de la même couleur les paires de synonymes.**

grand	petit	géant
minuscule	affreux	délicieux
horrible	succulent	gras
mince	huileux	fin

2 ★★ **Trouve le synonyme de chaque mot parmi la liste suivante :**

sage • doux • souple • lourd • fort

a) élastique → ....

b) calme → ....

c) moelleux → ....

d) pesant → ....

e) robuste → ....

3 ★★ **Souligne d'une même couleur les paires d'homonymes.**

mer • sot • maire • saut • pot • malle • chant • mort • cours • les • peau • champ • mors • cour • lait • mâle

4 ★★★ **Complète les phrases avec l'homonyme qui convient.**

a) (sot – saut) J'ai fait du .... en hauteur au cours de sport.

b) (sole – sol) La .... est un poisson plat qui vit au fond de la mer.

c) (quart – car) Il sera là dans un .... d'heure.

d) (quand – camp) .... il pleut, il vaut mieux prendre un parapluie avec soi.

5 ★★★ **Complète avec un homonyme de la liste suivante :**

court • cour • cours • coup • cou

a) J'ai mis une écharpe autour de mon ....

b) Il a pris un .... dans le nez.

c) Paul .... très vite.

d) On sort jouer dans la ....

e) J'aime le .... de mathématiques.

Fais le bilan

Homonyme ou synonyme ? Coche la bonne réponse.

	Homonyme	Synonyme
a) Le gazon est **vert**. J'ai bu un **verre** d'eau.	☐	☐
b) Je suis **énervé**. Je suis **agacé**.	☐	☐
c) Tu nettoies le **sol**. Tu joues un **sol** sur ta flûte.	☐	☐
d) Un **court** de tennis. Un **cours** d'anglais.	☐	☐

As-tu bien réussi ?

Leçon 28

Les adjectifs et verbes contraires

Retiens l'essentiel !

Les adjectifs contraires

▸ Les adjectifs qualificatifs qui ont un **sens opposé**, c'est-à-dire qui veulent dire l'inverse l'un de l'autre, s'appellent des **contraires**.
Ex. : gros – maigre   sage – agité   poli – grossier   poli – impoli

▸ Pour construire certains adjectifs contraires, on peut ajouter un **préfixe** au début de l'adjectif qui en change le sens.
Ex. : probable → improbable   capable → incapable
heureux → malheureux   agréable → désagréable

Les verbes contraires

▸ Les **verbes d'action** qui ont un sens opposé, c'est-à-dire qui veulent dire l'inverse l'un de l'autre, s'appellent aussi des contraires.
Ex. : monter – descendre   sortir – entrer   gagner – perdre

▸ Pour construire certains verbes de sens contraire, on peut également utiliser des **préfixes**, placés en début de mot, et qui en changent le sens.
Ex. : faire → défaire   ranger → déranger

Conseils Parents

- Les enfants aiment jouer avec les contraires. On peut donc leur proposer, sous forme de jeu, une série d'adjectifs ou de verbes d'action pour lesquels ils devront donner les contraires.
- Pour les contraires formés avec un préfixe, on peut demander à l'enfant d'identifier le préfixe et de trouver d'autres mots formés avec le même préfixe.

Regarde comment on fait !

Trouver un adjectif ou un verbe contraire

Trouve le contraire des adjectifs et verbes suivants.
beau – visible – remplir – coller

❶ Commence par chercher **le sens** de l'adjectif ou du verbe donné.
beau : qui est joli.
visible : que l'on peut voir.
remplir : rendre plein un espace ou un récipient.
coller : faire adhérer à quelque chose.

❷ Recherche les adjectifs ou verbes de sens opposé en te demandant si tu peux utiliser un **préfixe**. Attention, un mot peut avoir plusieurs contraires.
contraire de beau → laid mais aussi affreux.
contraire de visible → invisible avec le préfixe « in ».
contraire de remplir → vider.
contraire de coller → décoller avec le préfixe « dé ».

Si tu ne trouves pas, aide-toi d'un dictionnaire.

Entraîne-toi !

Corrigés → Guide Parents p. 9

1 ★ Relie ces adjectifs contraires.

agréable •	• beau
laid •	• bon
mauvais •	• désagréable
triste •	• sombre
lumineux •	• joyeux

2 ★ Relie ces verbes contraires.

lever •	• sortir
entrer •	• baisser
couler •	• reculer
avancer •	• flotter

3 ★★ Trouve le contraire des adjectifs ci-dessous.

a) utile → ....

b) chaud → ....

c) honnête → ....

d) précis → ....

e) gentil → ....

4 ★★★ Trouve le contraire du verbe souligné.

a) Je branche l'appareil.

→ Je ....

b) Il rit facilement.

→ Il ....

c) Nous partons demain.

→ Nous ....

d) Marie fait sa valise.

→ Marie ....

e) Mon frère met son manteau.

→ Mon frère ....

5 ★★★ Change le préfixe souligné pour former des contraires.

a) Le chien déterre son os. → ....

b) Le soleil disparaît à l'horizon. → ....

c) Léa joue à l'extérieur. → ....

d) Ce plat est immangeable. → ....

Fais le bilan

Ces verbes et ces adjectifs sont-ils des contraires ? Coche la bonne réponse.

	Vrai	Faux
a) petit – grand	☐	☐
b) lourd – pesant	☐	☐
c) zigzaguer – slalomer	☐	☐
d) correct – incorrect	☐	☐

As-tu bien réussi ?

Leçon
29
Les familles de mots

Conseils Parents

- Pour sensibiliser l'enfant aux familles de mots, cherchez avec lui les préfixes et les suffixes les plus couramment utilisés et analysez leur sens.

Retiens l'essentiel !

Les familles de mots

▸ L'ensemble des mots formés à partir d'un **même mot simple (ou radical)** forment une **famille de mots.**

▸ Tous les mots d'une même famille ont un **lien de sens**.
Ex. : **terre** – en**terr**er – **terr**asse – dé**terr**er sont des mots de la même famille. Le radical est « **terr** ».

La formation des mots

▸ Les mots formés à partir d'un même radical sont des **mots dérivés.**

▸ Pour former des **mots dérivés,** on peut ajouter :
– **un préfixe** au début du mot : patient → impatient ;
– **un suffixe** à la fin du mot : tapis → tapisserie.

Regarde comment on fait !

Trouver des mots de la même famille

Trouve des mots de la même famille que le mot suivant.
lumière

1 Commence par identifier **le radical** du mot « lumière » en recherchant l'élément commun à d'autres mots qui ont un lien de sens.
Ex. : lumineux – illuminer → Le radical du mot « lumière » est « lumi ».

2 Recherche d'autres mots de la même famille en ajoutant :
– des **préfixes** : enluminer – illuminer ;
– des **suffixes :** lumineux – luminaire ;
– des **préfixes et des suffixes :** enluminure.

Si tu ne trouves pas, aide-toi d'un dictionnaire.

1 ★ **Colorie d'une même couleur les mots de la même famille.**

lecture — relire — cheval
roue — lire — lectrice — chevalet
dérouler — lecteur — chevalier
pomme — rouler — pommier
chevaleresque — roulement

2 ★★ **Barre l'intrus de chaque liste.**

a) arbre – arbrisseau – armoire

b) vingt – viticulture – vin

c) feuille – feuillage – fouiller

d) voile – voiture – voilure – voilier

e) drame – rame – ramer – rameur

f) sale – salir – salé – saleté

g) joie – joyeux – joli

3 ★★ **Relie les mots de la même famille.**

chausser •	• mine
mineur •	• chaussure
rouler •	• habitation
rame •	• sortie
habiter •	• enrouler
sortir •	• ramer
monter •	• légèreté
léger •	• montée

4 ★★★ **Complète avec un mot de la même famille que celui proposé.**

a) fleur → Le .... prépare des bouquets.

b) grandeur → Ce dessin est trop petit : il faut l'.................. .

c) bain → La .... a débordé.

d) dire → Je ne peux pas .... l'avenir.

e) terre → Nous avons .... les bulbes de plantes.

Fais le bilan

Ces mots sont-ils de la même famille ?
Coche la bonne réponse.

	Vrai	Faux
a) roue – rouge	☐	☐
b) racine – déraciner	☐	☐
c) radis – radieux	☐	☐
d) poule – poulailler	☐	☐
e) chien – chenil	☐	☐

As-tu bien réussi ?

Maths

Numération

Opérations

Géométrie

Mesures

Leçon 1

Qu'est-ce qu'un nombre ?

Conseils Parents

- L'enfant doit connaître par cœur les chiffres de 0 à 9. On peut lui faire mémoriser sous forme de comptine.
- Il faut par ailleurs entraîner l'enfant à lire des nombres et à les écrire en lettres. On peut le faire de manière ludique dans le cadre de la vie quotidienne (numéros de rues, prix, etc.).

Retiens l'essentiel !

Chiffres et nombres

▸ On peut écrire tous les nombres possibles avec **10 chiffres** : **0, 1, 2, 3, 4, 5, 6, 7, 8, 9.**
Ex. : 43 – 108 – 65 – 12

▸ Les chiffres et les nombres peuvent aussi s'écrire **en lettres.**
Ex. : deux ; quarante-trois ; cent-huit ; soixante-cinq

▸ Certains nombres en lettres s'écrivent avec **un trait d'union** ; d'autres s'écrivent avec **le mot « et ».**
Ex. : dix-sept ; vingt-**et**-un

À quoi servent les nombres ?

▸ Un nombre peut exprimer :
– une **quantité** ;
Ex. : J'ai **15** ans et **10** doigts.
– un **numéro.**
Ex. : Voici mon adresse : **86** rue de Paris, **93100** Montreuil.

▸ Il existe des nombres **pairs** et des nombres **impairs.**
Les nombres pairs se terminent par : 0, 2, 4, 6, 8.
Les nombres impairs se terminent par : 1, 3, 5, 7, 9.

Regarde comment on fait !

Écrire un nombre en lettres

Écris les nombres suivants en lettres :
82 – 21

1 **Prononce** d'abord les nombres à haute voix ou dans ta tête.

2 **Écris** ensuite le premier chiffre puis place un **trait d'union** entre les chiffres et le **mot « et ».**
quatre-vingt-deux
vingt-**et**-un

Entraîne-toi !

Corrigés → Guide Parents p. 10

1 ★ Écris en chiffres les nombres en lettres ci-dessous.

trois	vingt-huit
3	28
trente-cinq	**onze**
35	11
trente-et-un	**cinquante-deux**
31	52
dix-huit	**dix**
18	10

2 ★★ Relie les nombres écrits en chiffres à leur écriture en lettres.

- 44 • — • soixante-et-onze
- 97 • — • douze
- 71 • — • quarante-quatre
- 12 • — • quatre-vingt-dix-sept

(Liaisons tracées : 44 – quarante-quatre ; 97 – quatre-vingt-dix-sept ; 71 – soixante-et-onze ; 12 – douze)

3 ★★ Entoure les nombres pairs.

249 (302) 17 503

(220) 51 (436) 625 (174)

4 ★★ Écris ces nombres en lettres.

51	cinquante-et-un
19	dix-neuf
42	quarante-deux
14	quatorze

5 ★★★ Complète le tableau.

70	soixante-dix
33	trente-trois
16	seize
96	quatre-vingt-seize
61	soixante-et-un

Fais le bilan

Vrai ou faux ? Coche la bonne réponse.

	Vrai	Faux
a) 23 est un nombre pair.	☐	☒
b) 52 s'écrit cinquante-deux.	☒	☐
c) 73 s'écrit soixante-trois.	☐	☒
d) 1 est un chiffre impair.	☒	☐

As-tu bien réussi ?

Leçon 2

Les groupements par dix

Conseils Parents

- Il faut entraîner l'enfant à recourir aux groupements par dix pour compter de grandes quantités.
- On peut demander à l'enfant de compter des quantités d'objets du quotidien (pâtes, lentilles, allumettes, etc.) en prévoyant des récipients qui contiendront les dizaines.

Retiens l'essentiel !

Compter grâce aux groupements par dix

▸ Pour compter plus facilement, on peut regrouper les quantités par paquets de 10, appelés **dizaines**.

▸ Les quantités avec lesquelles on ne peut pas faire de dizaines sont appelées **unités**.

Ex. : On observe 2 paquets de 10 étoiles et 3 étoiles.
Il y a 2 dizaines et 3 unités. Il y a 23 étoiles en tout.

Les nombres à deux chiffres

Dans un nombre à deux chiffres, celui de droite est le chiffre des unités et celui de gauche est le chiffre des dizaines.
Ex. : 89 → 8 **est le chiffre des** dizaines **et** 9 **est le chiffre des** unités.

Regarde comment on fait !

Compter grâce aux groupements par dix

Compte les framboises en indiquant le nombre de dizaines et d'unités.

1. Forme des **paquets de 10 framboises** en les entourant.
Il y a 3 paquets de 10 framboises.

2. Observe combien il reste de framboises en dehors des paquets de 10 et complète un tableau. Il reste 4 framboises.

dizaines d	unités u
3	4

3. Tu connais à présent le nombre de framboises : 34 (trente-quatre).

Entraîne-toi !

Corrigés → Guide Parents p. 10

1 ★ **Complète comme dans l'exemple.**

Ex. : 10 + 10 + 10 + 4 = 34

a) 10 + 10 + 5 = 25

b) 10 + 10 + 10 + 10 + 3 = 43

c) 20 + 10 + 5 = 35

d) 20 + 20 + 20 + 20 + 8 = 88

2 ★★ **Dans chaque nombre, entoure le chiffre des dizaines.**

59 72 93 68 17

3 ★★ **Combien y a-t-il d'éléments dans chaque collection ?**

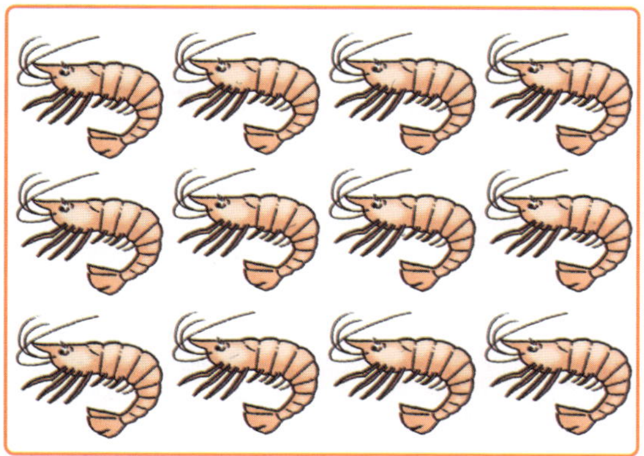

....

....

4 ★★★ **Écris les nombres en chiffres.**

a) 3 dizaines et 4 unités : ....

b) 8 dizaines et 1 unité : ....

c) 5 dizaines et 9 unités : ....

5 ★★★ **Colorie le bon nombre de dizaines et le bon nombre d'unités.**

92 [10] [10] [10] [10] [10] [10] [10] [10] [10]

○○○○○ ○○○○○

77 [10] [10] [10] [10] [10] [10] [10] [10] [10]

○○○○○ ○○○○○

Fais le bilan

Complète le tableau.

69	60 + 9	.... dizaines et .... unités	90	....	.... dizaines et .... unité
48	....	.... dizaines et .... unités	51	....	.... dizaines et .... unité
....	70 + 6	.... dizaines et .... unités	30	....	.... dizaines et .... unité

As-tu bien réussi ?

Leçon 3

Comparer, ranger les nombres de 0 à 99

Conseils Parents

- Il faut entraîner l'enfant à comparer des nombres à deux chiffres.
- Pour éviter toute confusion, rappelez-lui la méthode : comparaison des dizaines d'abord et, en cas de nombre des dizaines identique, comparaison des unités.
- Assurez-vous également que l'enfant ne confond pas les signes < et >. Montrez-lui que la pointe est toujours du côté du plus petit nombre.

Retiens l'essentiel !

Qu'est-ce que comparer et ranger des nombres ?

▸ Comparer des nombres, c'est trouver le plus grand et le plus petit.

▸ On peut ranger des nombres :
– dans l'**ordre croissant,** c'est-à-dire du plus petit au plus grand ;
Ex. : 2 – 10 – 24 – 44 – 78
– dans l'**ordre décroissant**, c'est-à-dire du plus grand au plus petit.
Ex. : 78 – 44 – 24 – 10 – 2

Comment comparer et ranger des nombres ?

▸ Pour comparer les nombres, on utilise deux signes :
– le signe **<** veut dire « ... est **plus petit que...** » ;
– le signe **>** veut dire « ... est **plus grand que...** ».

▸ Pour les nombres plus petits que 100, il faut d'abord comparer le chiffre des dizaines.
Ex. : Si je compare **3**1 et **6**1, je vois que **3** est plus petit que **6** donc 31 est plus petit que 61. J'écris 31 < 61.

▸ Si le chiffre des dizaines est le même, je compare celui des unités.
Ex. : 5**4** > 5**2** puisque **4** > **2**

Regarde comment on fait !

Comparer et ranger des nombres à 2 chiffres

Range ces nombres dans l'ordre croissant.
65 – 83 – 59 – 48 – 51

❶ Pour ranger des nombres à 2 chiffres, commence par comparer le chiffre des dizaines.
65 – 83 – 59 – 48 – 51

❷ Tu dois ranger dans l'**ordre croissant**, c'est-à-dire du plus petit au plus grand.
4 < 5 < 6 < 8 donc je sais déjà que 48 < 51 et 59 < 65 < 83
Mais cela ne permet pas de comparer 51 et 59 qui ont le même chiffre des dizaines.

❸ Pour comparer 51 et 59, observe le chiffre des unités.
1 < 9 donc 51 < 59
donc 48 < 51 < 59 < 65 < 83

Entraîne-toi !

Corrigés → Guide Parents p. 10

1 ★ Dans chaque série, entoure le plus petit nombre.

a) 63 – 59 – 52 – 60 – 57

b) 90 – 89 – 81 – 91 – 80

2 ★★ Complète avec le signe qui convient < ou >.

a) 65 < 84 b) 58 49

c) 38 ...... 40 d) 67 63

3 ★★ Écris le nombre qui convient.

a) 84 < 85 < 86 b) 69 < ...... < 71

c) 48 < ...... < 50 d) 37 < ...... < 39

4 ★★ Écris les nombres du plus petit au plus grand.

78 – 87 – 68 – 98 – 76 – 65 – 96 – 86 – 67

....

....

5 ★★ Écris les 3 nombres qui suivent le nombre donné.

a) 69 ....

b) 88 ....

6 ★★ Écris les 3 nombres qui précèdent le nombre donné.

a) .... 60 b) 91

7 ★★★ Range les nombres de chaque série dans l'ordre croissant.

a) 50 – 89 – 61 – 96 – 70

....

b) 63 – 59 – 61 – 51 – 60

....

8 ★★★ Range les nombres de chaque série dans l'ordre décroissant.

a) 18 – 34 – 11 – 21 – 30

....

b) 71 – 81 – 61 – 51 – 91

....

Fais le bilan

Observe ces nombres et range-les dans l'ordre décroissant. Écris le signe qui convient entre chaque nombre.

56 71 83 40 32

25 17 65

....

As-tu bien réussi ?

Leçon 4

Les nombres à 3 chiffres

Conseils Parents

- Montrez à l'enfant que pour lire ou écrire un nombre à 3 chiffres, il faut faire très attention à la position des chiffres.
- Incitez l'enfant à systématiquement utiliser un tableau.

c	d	u

Retiens l'essentiel !

Décomposer un nombre à 3 chiffres

▶ Dans un nombre à 3 chiffres, il faut faire attention à la **position des chiffres** :

– le chiffre de droite indique les unités ;
– celui du milieu indique les dizaines ;
– celui de gauche indique les centaines.

345	3 est le chiffre des centaines 4 est le chiffre des dizaines 5 est le chiffre des unités	trois-cent-quarante-cinq

▶ Une centaine est égale à 10 dizaines ou à 100 unités.

Regarde comment on fait !

Décomposer un nombre à 3 chiffres

Décompose les nombres suivants.
237 – 180 – 302

1 Pour décomposer un nombre à 3 chiffres, observe bien la **position de chaque chiffre**.

2 Utilise un tableau à 3 colonnes : centaines, dizaines, unités. Commence toujours par placer les unités (à droite).

centaines	dizaines	unités
2	3	7
1	8	0
3	0	2

Entraîne-toi !

Corrigés → Guide Parents p. 10

1 ★ Complète ce tableau.

Nombre qui précède	Nombre donné	Nombre qui suit
....	400	....
....	280	....
....	599	....

2 ★★ Compte les centaines, les dizaines et les unités puis écris le nombre.

.... : 100 100 100 100 / 10 10 10 10 10 / ●●●● ●●●●

.... : 100 100 / 10 10 10 10 10 10 10 / ●●●● ●●●

3 ★★ Complète comme dans l'exemple.

Ex. : 351 = 300 + 50 + 1

a) 682 = ... + ... + ...

b) 501 = ... + ... + ...

c) 750 = ... + ... + ...

4 ★★★ Écris ces nombres en chiffres.

a) 3 centaines 6 dizaines et 8 unités : ....

b) 8 centaines 0 dizaine et 2 unités : ....

c) 6 centaines 1 dizaine et 0 unité : ....

5 ★★★ Relie les écritures du même nombre.

103	3c + 2d + 0u	200 + 60 + 4
264	1c + 0d + 3u	300 + 20
320	2c + 6d + 4u	100 + 3

Fais le bilan

Complète le tableau.

943	....	900 + 40 + 3	neuf-cent-quarante-trois
184	1c + 8d + 4u	....	....
61	....	60 + 1	....
427	....	....	....

As-tu bien réussi ?

Leçon 5

Comparer des nombres à 3 chiffres

Conseils Parents

- Montrez à l'enfant que pour comparer des nombres à 3 chiffres, il faut faire très attention à la position des chiffres en commençant par les centaines.
- Rappelez à l'enfant qu'un nombre à 3 chiffres est plus grand qu'un nombre à 2 chiffres ou à 1 chiffre.

Retiens l'essentiel !

Comparer des nombres à 3 chiffres

▸ Pour comparer des nombres à trois chiffres, on commence par comparer le chiffre des **centaines**.
Ex. : 670 < 789 < 923

▸ Si le chiffre des centaines est le même, on compare le chiffre des dizaines.
Ex. : 670 < 684 < 692

▸ Si le chiffre des dizaines est aussi le même, on compare le chiffre des **unités**.
Ex. : 672 < 673 < 674

Regarde comment on fait !

Classer des nombres à 3 chiffres par ordre croissant

Classe les nombres suivants dans l'ordre croissant :
167 – 457 – 302 – 315 – 312

1. Commence par comparer le nombre des centaines.
   1 < **3** < **4** donc je sais déjà que 167 < **3**15 et **3**02 et **3**12 < **4**57
   Mais cela ne permet pas de comparer **3**15, **3**02 et **3**12 qui ont le même chiffre des centaines.

2. Pour comparer 315, 302 et 312, compare le chiffre des dizaines.
   0 < 1 donc je sais déjà que 302 < 312 et 315
   Mais cela ne permet pas de comparer 312 et 315 qui ont le même chiffre des dizaines.

3. Pour comparer 315 et 312, compare le chiffre des unités.
   2 < **5** donc 312 < 315
   donc 167 < 302 < 312 < 315 < 457

Entraîne-toi !

Corrigés → Guide Parents p. 10

1 ★ Écris ces nombres au bon endroit :

541 478 594 384 412

350 .... 400 .... 450 .... 500 .... 550.................. 600

2 ★★ Range ces nombres dans l'ordre croissant :

259 643 294 641 94

.... < .... < .... < .... < ....

3 ★★ Range ces nombres dans l'ordre décroissant :

762 356 541 365 600

.... > .... > .... > .... > ....

4 ★★★ Entoure le plus grand nombre de chaque ligne.

a) 840 – 790 – 804 – 709

b) 254 – 542 – 245 – 452

c) 398 – 396 – 393 – 397

5 ★★★ Place les nombres suivants sur la ligne graduée :
817 – 810 – 820 – 821 – 809

.... 815 ....

Fais le bilan

Qui suis-je ?

Je suis un nombre impair de 3 chiffres.
Le chiffre de mes centaines est le nombre impair juste avant 4.
Mon chiffre des dizaines est le double de mon chiffre des centaines.
Si j'additionne tous mes chiffres (unité, dizaine, centaine), j'obtiens 18.

Je suis : ....

As-tu bien réussi ?

Leçon 6

Décomposer un nombre

Conseils Parents

- Pour décomposer un nombre, l'enfant doit connaître la position du chiffre des centaines, du chiffre des dizaines et du chiffre des unités.
- Lire le nombre à haute voix peut aussi lui permettre d'« entendre » les centaines, les dizaines et les unités mais pas toujours.

Retiens l'essentiel !

Décomposer un nombre

Décomposer un nombre, c'est indiquer le nombre de centaines, de dizaines et d'unités qui le composent.

▸ Pour cela on utilise l'**addition** et la **multiplication**.

Ex. : $432 = \underbrace{100 + 100 + 100 + 100}_{} + \underbrace{10 + 10 + 10}_{} + \underbrace{1 + 1}_{}$

$= (4 \times 100) + (3 \times 10) + (2 \times 1)$

Je peux écrire un nombre de plusieurs façons !

▸ S'il n'y a pas de dizaine ou d'unité, ce n'est pas nécessaire de les écrire.

Ex. : $240 = (2 \times 100) + (4 \times 10)$

$603 = (6 \times 100) + (3 \times 1)$

Regarde comment on fait !

Décomposer un nombre

Décompose le nombre suivant :

523

Rappelle-toi : si tu as un doute, tu peux utiliser un petit tableau !

c	d	u

1 Commence par repérer le chiffre des centaines, celui des dizaines et celui des unités.

523 → **5** est le chiffre des centaines

→ **2** est le chiffre des dizaines

→ **3** est le chiffre des unités

2 Utilise l'**addition** ou la **multiplication** pour décomposer en paquets de **100** (centaines), de **10** (dizaines) et de **1** (unités).

$523 = \underbrace{100 + 100 + 100 + 100 + 100}_{} + \underbrace{10 + 10}_{} + \underbrace{1 + 1 + 1}_{}$

$= (5 \times 100) + (2 \times 10) + (3 \times 1)$

Entraîne-toi !

Corrigés → Guide Parents p. 11

1 ★ Retrouve les nombres et écris-les.

a) (2 × 100) + (7 × 10) + (6 × 1) = ...

b) (9 × 10) + (8 × 1) = ...

c) (3 × 100) + (4 × 10) = ...

d) (6 × 100) + (2 × 1) = ...

e) (4 × 100) + (9 × 10) + (7 × 1) = ...

2 ★★ Compte les centaines, les dizaines et les unités puis écris le nombre.

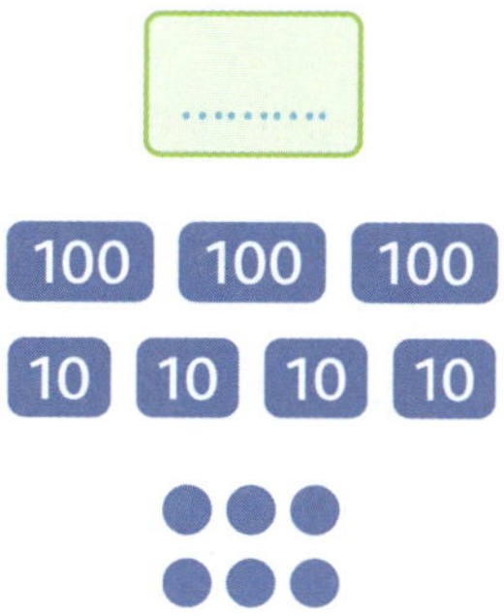

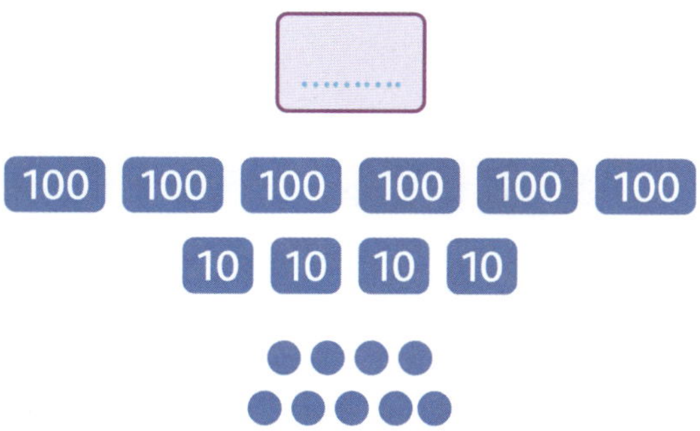

3 ★★ Complète avec le signe « égal » (=) ou « n'est pas égal » (≠).

a) 320......... (2 × 100) + (3 × 10)

b) 924 .... (9 × 100) + (2 × 10) + (4 × 1)

c) 197 .... (1 × 100) + (8 × 10) + (7 × 1)

d) 703 .... (7 × 100) + (3 × 1)

e) 476 .... (4 × 100) + (7 × 10) + (6 × 1)

4 ★★ Colorie de la même couleur les étiquettes qui indiquent le même nombre.

(4 × 100) + (6 × 10) + (8 × 1) | 750 | 507 | (6 × 100) + (8 × 10) + (4 × 1) | 684 | (5 × 100) + (7 × 1) | (7 × 100) + (5 × 10) | 468

5 ★★★ Décompose les nombres suivants comme dans l'exemple.

Ex. : 569 = 5 centaines 6 dizaines 9 unités

a) 409 = ...

....

b) 840 = ...

....

c) 632 = ...

....

Fais le bilan

Trouve la bonne réponse.

Pour la fête de l'école, il y aura un lâcher de ballons. Chaque enfant aura un ballon. La directrice a acheté 2 paquets de 100 ballons, 4 paquets de 10 ballons et 7 ballons. Combien y a-t-il d'élèves dans l'école ?

....

....

As-tu bien réussi ?

Leçon 7

Doubles – Moitiés

Conseils Parents

- Il ne faut pas hésiter à faire « visualiser » à l'enfant la notion de double ou de moitié en manipulant des objets (allumettes, pâtes, cartes à jouer, etc.).
- La notion de moitié est souvent plus complexe à assimiler que celle de double.
- Demandez à l'enfant d'apprendre par cœur la table de multiplication par 2.

Retiens l'essentiel !

Doubles

▸ Quand on ajoute un nombre à lui-même ou qu'on le multiplie par 2, on obtient son **double.**

Ex. : 8 + 8 = 16 16 est le double de 8
3 + 3 = 6 6 est le double de 3

On peut apprendre par cœur les doubles de petits nombres en se servant de la table d'addition ou de la table de multiplication par 2.

Moitiés

Quand on partage un nombre en deux parts égales, on appelle **moitié** chacune des parts.

Ex. : 5 est la moitié de 10 puisque 5 + 5 = 10

Regarde comment on fait !

Chercher la moitié d'un nombre

Cherche la moitié des nombres suivants :
8 – 24

Apprends bien la table de multiplication par 2 !

❶ Pour trouver la moitié d'un « petit » nombre, utilise la **table d'addition** ou la **table de multiplication** par 2.
La moitié de 8 c'est 4 puisque 4 + 4 = 8 et 2 × 4 = 8.

❷ Pour trouver la moitié d'un plus grand nombre, tu peux utiliser **un dessin.**
Pour trouver la moitié de 24 par exemple, dessine en alternance 1 trait d'une couleur (bleu) à gauche et 1 trait d'une autre couleur (rouge) à droite jusqu'à ce qu'il y ait 24 traits puis compte les traits de chaque couleur.

J'ai 12 traits bleus et 12 traits rouges : 12 est la moitié de 24.

Entraîne-toi !

Corrigés → Guide Parents p. 11

1 ★ **Relie chaque nombre à son double.**

8	10
10	40
5	16
9	20
20	18

(8 — 16 ; 10 — 20 ; 5 — 10 ; 9 — 18 ; 20 — 40)

2 ★★ **Calcule et écris.**

a) Le double de 14 : 28
14 + 14 = 28

b) La moitié de 46 : 23 + 23

c) Le double de 31 : 62
31 + 31 = 62

d) La moitié de 68 : 34

e) Le double de 25 : 25 + 25 = 50

f) La moitié de 80 : 40

3 ★★★ **Complète en t'aidant de dessins.**

a) 10 est la moitié de 20.

b) 17 est la moitié de 34.

c) 14 est la moitié de 28.

4 ★★★ **Écris ce qui convient : le double ou la moitié.**

a) 4 est le double de 2.

b) 10 est la moitié de 5.

c) 13 est la moitié de 26.

d) 8 est le double de 4.
et la moitié de 16.

5 ★★★ **Vrai ou faux ? Coche la bonne réponse.**

	Vrai	Faux
a) Le double d'un nombre est toujours impair.	☐	☒
b) Le double d'un nombre est plus grand que le nombre lui-même.	☒	☐

Fais le bilan

Vrai ou faux ? Coche la bonne réponse.

	Vrai	Faux
a) 14 est le double de 7.	☑	☐
b) 20 est le double de 12.	☐	☑
c) 14 est la moitié de 28.	☑	☐
d) 9 est la moitié de 18.	☑	☐
e) 26 est le double de 14.	☐	☒
f) 1 est le double de 2.	☑	☐

As-tu bien réussi ?

Leçon 8

Les compléments à 10 et à 100

Conseils Parents

• Il ne faut pas hésiter à entraîner l'enfant au calcul mental et au calcul rapide. Les compléments à 10 ou à 100 peuvent aider mais il faut que l'enfant connaisse par cœur les compléments à 10.

Retiens l'essentiel !

Les compléments à 10 ou à 100

Pour calculer plus rapidement, il est utile de connaître les nombres qu'il faut ajouter à d'autres pour faire 10 ou 100.

Compléments à 10		Compléments à 100	
0 + 10	10 + 0	0 + 100	100 + 0
1 + 9	9 + 1	10 + 90	90 + 10
2 + 8	8 + 2	20 + 80	80 + 20
3 + 7	7 + 3	30 + 70	70 + 30
4 + 6	6 + 4	40 + 60	60 + 40
5 + 5		50 + 50	

Regarde comment on fait !

Utiliser les compléments à 10 pour calculer une somme

Calcule rapidement la somme :
6 + 3 + 2 + 4 + 7 =

1 Pour calculer plus vite, recherche s'il y a des **compléments à 10**, c'est-à-dire des nombres qui, additionnés l'un à l'autre, font 10.

6 + 4 = 10   7 + 3 = 10

2 Fais ensuite le calcul en ajoutant le nombre qui reste.

6 + 3 + 2 + 4 + 7 = 6 + 4 + 7 + 3 + 2
= 10 + 10 + 2
= 22

Entraîne-toi !

Corrigés → Guide Parents p. 11

1 ★ **Complète ces additions.**

a) 6 + ... = 10 b) 7 + ... = 10 c) .... + 2 = 10 d) 5 + ... = 10

e) .... + 20 = 100 f) 40 + ... = 100 g) 90 + ... = 100 h) .... + 30 = 100

2 ★★ **Colorie en rouge les compléments à 10 et en bleu les compléments à 100.**

7 + 3	50 + 50	60 + 40	2 + 8	30 + 80
90 + 10	3 + 9	90 + 20	4 + 6	50 + 60

3 ★★ **Complète chaque addition.**

a) 93 + ... = 100 b) 78 + ... = 100

c) 59 + ... = 100 d) 65 + ... = 100

e) 76 + ... = 100 f) 41 + ... = 100

4 ★★★ **Entoure les compléments à 10 ou 100 et fais le calcul.**

a) 7 + 5 + 3 = ... b) 2 + 8 + 4 = ...

c) 6 + 1 + 4 = ... d) 60 + 1 + 40 = ...

e) 9 + 5 + 1 = ... f) 10 + 8 + 90 = ...

g) 5 + 3 + 5 = ... h) 30 + 70 + 10 = ...

Fais le bilan

Calcule et complète la réponse.

a) Jules a 23 billes. Combien lui en manque-t-il pour en avoir 40 ?

Il lui manque .... billes.

b) Dans un car il y a 50 places et 31 sont occupées.
Combien reste-il de places ?

Il reste .... places.

c) Lucie a 16 euros et veut acheter un livre à 20 euros.
Combien lui manque-t-il ?

Il lui manque .... euros.

As-tu bien réussi ?

Leçon
9

L'addition en ligne

Conseils Parents

- Dans les additions en ligne, l'enfant ne doit pas poser les opérations. Il faut insister sur la nécessité d'additionner les unités avec les unités, les dizaines avec les dizaines, les centaines avec les centaines.
- Rappelez-lui aussi l'importance de faire appel aux compléments à 10 et aux doubles pour faciliter les calculs.

Retiens l'essentiel !

L'addition

▸ L'addition est l'**opération** qui consiste à **ajouter**, réunir des éléments de même nature.

▸ Le signe de l'addition est **+**.

▸ Le résultat de l'addition s'appelle la **somme**.

Ex. : 28 + 103 + 41 = 172
(les 3 termes : 28, 103, 41 — la somme : 172)

Effectuer une addition en ligne

▸ Pour faire une addition en ligne, il faut bien repérer la **position des chiffres** dans chaque nombre.
On additionne les unités avec les unités, les dizaines avec les dizaines, les centaines avec les centaines.
Ex. : **311 + 12 + 6 = 329**

▸ Dans une addition, l'ordre de calcul ne change pas le résultat.
Ex. : 31 + 29 + 12 = 29 + 12 + 31 = 12 + 31 + 29 = 72

Regarde comment on fait !

Faire une addition en ligne

Calcule la somme :
120 + 4 + 32 + 6 =

Commence tes calculs par les unités et pense aux compléments à 10 !

❶ Pour calculer plus vite, recherche s'il y a des **compléments à 10**, c'est-à-dire des nombres qui, additionnés l'un à l'autre, font 10.
6 + 4 = 10
donc 120 + 4 + 32 + 6 = 120 + 32 + 6 + 4 = 120 + 32 + 10

❷ Fais ensuite tes **calculs** en additionnant :
– d'abord les unités 0 + 2 + 0 = 2 unités
– puis les dizaines 2 + 3 + 1 = 6 dizaines
– puis les centaines 1 seule centaine

❸ **Écris le résultat** en plaçant les chiffres au bon endroit (les unités à droite, les dizaines au milieu et les centaines à gauche).
120 + 4 + 32 + 6 = 162

Entraîne-toi !

Corrigés → Guide Parents p. 11

1 ★ **Calcule le plus vite possible.**

a) 58 + 30 = ... **b)** 63 + 20 = ...

c) 29 + 60 = ... **d)** 37 + 30 = ...

e) 45 + 40 = ... **f)** 72 + 10 = ...

2 ★★ **Relie les écritures d'une même somme.**

21 + 57 + 44 •	• 48 + 79 + 35
95 + 40 + 67 •	• 67 + 95 + 40
79 + 35 + 48 •	• 44 + 21 + 57

3 ★★ **Complète ces égalités.**

a) 78 + ... = 90 **b)** .... + 89 = 100 **c)** 65 + ... = 80

d) 47 + ... = 70 **e)** .... + 54 = 60 **f)** .... + 28 = 50

4 ★★★ **Calcule ces additions en commençant par ce qui est entre parenthèses.**

a) 24 + (17 + 23) = ... + ... = ... **b)** 48 + (25 + 15) = ... + ... = ...

c) 36 + (29 + 21) = ... + ... = ... **d)** 19 + (36 + 24) = ... + ... = ...

5 ★★★ **Effectue ces additions en ligne.**

a) 12 + 34 + 18 = ... **b)** 32 + 51 + 29 = ...

c) 37 + 55 + 13 = ... **d)** 55 + 24 + 15 = ...

e) 68 + 12 + 27 = ... **f)** 24 + 56 + 33 = ...

Fais le bilan

Écris et calcule l'opération en ligne, puis complète la phrase de réponse.

Diego, Léa et Magda comptent les coquillages qu'ils ont ramassés sur la plage.
Diego en a 27, Léa 39 et Magda 18.
Combien les enfants ont-ils ramassé de coquillages en tout ?

Opération : ....

Les enfants ont ramassé .... coquillages.

As-tu bien réussi ?

Leçon 10

L'addition en colonnes sans retenue

Conseils Parents

- Dans les additions en colonnes, il faut surtout vérifier que l'enfant positionne correctement les unités, les dizaines et les centaines des nombres à additionner, notamment lorsque les nombres n'ont pas le même nombre de chiffres.
- N'hésitez pas à demander à l'enfant de tracer les colonnes dans un premier temps.

Retiens l'essentiel !

L'addition en colonnes

▸ Lorsque l'addition en ligne est trop compliquée, il est préférable de **poser l'addition**, c'est-à-dire de l'écrire **en colonnes**.

▸ Pour poser une addition en colonnes, il faut faire des **colonnes** avec les unités à droite, les dizaines au milieu et les centaines à gauche.

▸ Il faut ensuite placer les nombres à additionner en **alignant** :
– les unités sous les unités (dans la colonne de droite) ;
– les dizaines sous les dizaines (dans la colonne du milieu) ;
– les centaines sous les centaines (dans la colonne de gauche).

▸ On fait ensuite :
– la somme des chiffres des unités ;
– puis la somme des chiffres des dizaines ;
– puis la somme des chiffres des centaines.

Ex. : 121 + 75 + 2

	c	d	u
	1	2	1
+		7	5
+			2
=	1	9	8

Regarde comment on fait !

Poser une addition en colonnes

Calcule la somme :
242 + 23 + 12 + 2 =

242 + 23 + 12 + 2 =

	c	d	u
	2	4	2
+		2	3
+		1	2
+			2
=	2	7	9

❶ Commence par tracer les colonnes avec unités, dizaines, centaines, puis place les nombres à additionner en alignant :
– les unités sous les unités ;
– les dizaines sous les dizaines ;
– les centaines sous les centaines.

❷ Fais ensuite tes calculs en additionnant :
– d'abord les unités 2 + 3 + 2 + 2 = 9 unités
– puis les dizaines 4 + 2 + 1 = 7 dizaines
– puis les centaines 2 centaines

Entraîne-toi !

Corrigés → Guide Parents p. 11

1 ★ **Pose ces opérations en colonnes et calcule-les.**

64 + 13 | 126 + 42

	d	u
	6	4
+	1	3
=	7	7

	c	d	u
	1	2	6
+		4	2
=	1	6	8

2 ★★ **Dessine les colonnes, pose et calcule ces opérations :**

58 + 31 = | 65 + 24 =

	d	u
	5	8
+	3	1
=	8	9

	d	u
	6	5
+	2	4
=	8	9

3 ★★ **Vérifie au brouillon ces opérations et barre celle qui est fausse.**

	c	d	u
		2	3
+	1	7	4
=	1	9	7

	d	u
	1	2
+	7	7
=	9	9

4 ★★★ **Pose et calcule ces additions.**

~~69 + 10 + 10 =~~ | ~~36 + 22 + 40 =~~

~~33 + 46 + 20 =~~ | ~~51 + 35 + 12 =~~

	6	9
+	1	0
+	1	0
	8	9

	3	6
+	2	2
+	4	0
	9	8

	3	3
+	4	6
+	2	0
	9	9

	5	1
+	3	5
+	1	2
	9	8

5 ★★★ **Ces additions ont été mal posées. Recopie-les correctement au brouillon et calcule-les.**

	c	d	u
	2	8	
+		1	1
=	2	9	1

	c	d	u
	1	1	3
+	5	6	
=	6	7	3

Fais le bilan

Théo compte les livres de sa bibliothèque. Il a 23 BD, 32 mangas et 42 albums.

Combien a-t-il de livres en tout ? Pose l'opération en colonnes au brouillon.

....

As-tu bien réussi ?

Leçon 11 L'addition en colonnes avec retenue

Conseils Parents

- Tout comme dans les additions en colonnes sans retenue, il faut d'abord vérifier que l'enfant positionne correctement les unités, les dizaines et les centaines des nombres à additionner.
- Il faut ensuite s'assurer qu'il place correctement la retenue et qu'il ne l'oublie pas dans ses calculs.

Retiens l'essentiel !

L'addition avec retenue

▸ Dans une addition, il peut arriver qu'en additionnant les unités ou les dizaines, on obtienne plus de 9 unités ou de 9 dizaines. Dans ce cas, il faut placer une **retenue**.

Ex. : 258 + 46 + 1

	c	d	u
	2^{1}	5^{1}	8
+		4	6
+			1
=	3	0	5

▸ On commence par poser les nombres en **alignant** :
– les unités sous les unités ;
– les dizaines sous les dizaines ;
– les centaines sous les centaines.

▸ On fait ensuite :
– la somme des chiffres des unités ;
Ex. : 8 + 6 + 1 = 15 unités
→ Écris 5 sous les unités et 1 en retenue dans la colonne des dizaines.
– la somme des chiffres des dizaines en comptant la retenue ;
Ex. : 5 + 4 + 1 de retenue = 10 dizaines → Écris 0 sous les dizaines et 1 en retenue dans la colonne des centaines.
– puis la somme des chiffres des centaines en comptant la retenue.
Ex. : 2 + 1 de retenue = 3 centaines

Regarde comment on fait !

Poser une addition avec retenue

Calcule la somme :
519 + 96 + 2 =

519 + 96 + 2 =

	c	d	u
	5^{1}	1^{1}	9
+		9	6
+			2
=	6	1	7

1 **Place les nombres** à additionner en alignant :
– les unités sous les unités ;
– les dizaines sous les dizaines ;
– les centaines sous les centaines.

2 Fais ensuite tes **calculs** en additionnant :
– d'abord les unités ;
9 + 6 + 2 = 17 unités → Écris 7 sous les unités et 1 en retenue dans les dizaines.
– puis les dizaines (avec la retenue) ;
1 + 9 + 1 = 11 dizaines → Écris 1 sous les dizaines et 1 en retenue dans les centaines.
– puis les centaines (avec la retenue).
5 + 1 = 6 centaines

Entraîne-toi !

Corrigés → Guide Parents p. 12

1 ★ Calcule ces opérations. Pense aux retenues s'il y en a.

	c	d	u
	3	2	8
+	2	7	2
=	6	0	0

	c	d	u
	4	3	5
+	1	6	6
=	6	0	1

2 ★★ Pose et calcule ces additions.

261 + 356 =

624 + 348 =

3 ★★★ Barre les opérations fausses ou mal posées. Repose-les correctement et calcule-les au brouillon.

	5 (retenue 1)	6	3
+	2	7	
+	1	2	5
=	9	5	8

	2 (retenue 1)	4	3
+	1	6	5
+		4	9
=	8	9	8

	6 (retenue 1)	4	1
+		5	7
+	2	2	0
=	9	1	8

	1 (retenue 1)	9 (retenue 1)	4
+		4	
+		2	7
=	2	6	1

4 ★★★ Pose et calcule ces opérations.

138 + 96 + 438 =

62 + 354 + 86 =

237 + 510 + 77 =

Fais le bilan

Pose et calcule l'opération, puis complète la phrase de réponse.

Dans un théâtre, il y a 96 places en parterre, 48 au premier balcon, 36 au second balcon.

Combien y-a-t-il de places en tout ?

Il y a .... places en tout.

As-tu bien réussi ?

Maths

Leçon 12

Approche de la multiplication

Conseils Parents

- Pour familiariser l'enfant avec la multiplication, on peut utiliser un tableau avec des cases (en croisant lignes et colonnes).
- Demandez à l'enfant d'apprendre les tables de multiplication par cœur et révisez-les avec lui régulièrement.

Retiens l'essentiel !

Approche de la multiplication

- On peut remplacer l'addition de plusieurs nombres identiques par une **multiplication.**
- Le **signe de la multiplication** est ×.
- Le résultat de la multiplication s'appelle le **produit.**

Ex. : Je dois calculer le nombre de cases de ce tableau :

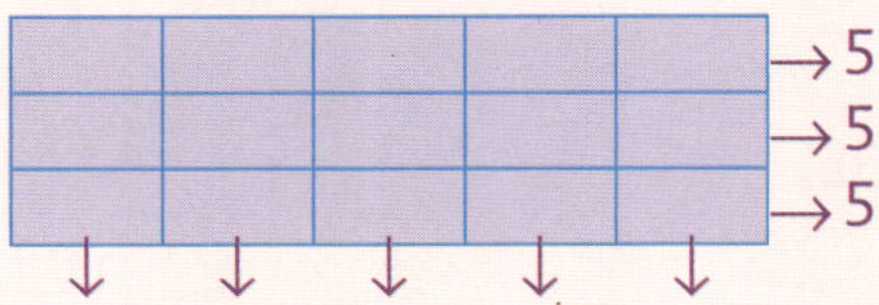

5 + 5 + 5 = 15

3 + 3 + 3 + 3 + 3 = 15

Je compte 3 lignes et 5 colonnes.
Je peux faire une addition : 3 + 3 + 3 + 3 + 3 ou bien 5 + 5 + 5.
Quand on ajoute plusieurs fois le même nombre, on peut utiliser la multiplication : 5 × 3 = 3 × 5 = 15.

Les tables de multiplication

Pour calculer les multiplications, il faut connaître par cœur les tables de multiplication : de 2, 3, 4 et 5 pour commencer.

Regarde comment on fait !

Comprendre la multiplication

Indique le nombre de cases de ce tableau, sous la forme d'une somme puis d'une multiplication.

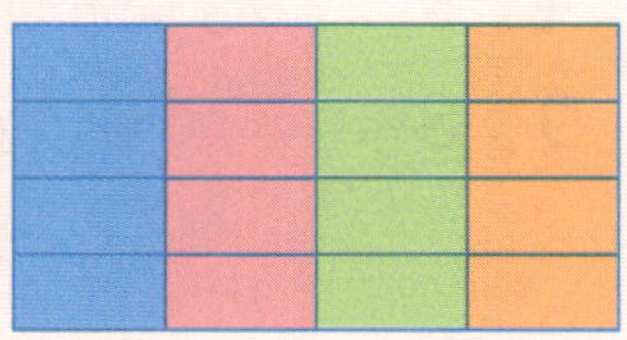

1. Commence par indiquer le **nombre de lignes** et **le nombre de colonnes** de ce tableau : ce tableau a 4 lignes et 4 colonnes.
2. Écris le nombre de cases de ce tableau de deux façons :
   – sous la forme d'une **somme** : 4 + 4 + 4 + 4 ;
   – sous la forme d'un **produit** : 4 × 4.
3. Cherche le résultat dans les tables de multiplication, puis vérifie en comptant les cases : 4 × 4 = 16.
   Ce tableau a 16 cases.

Entraîne-toi !

Corrigés → Guide Parents p. 12

1 ★ **Colorie de la même couleur les cases qui indiquent le même nombre.**

6 + 6 + 6 + 6 | 5 × 3 | 1 + 1 + 1

7 + 7 | 7 × 2 | 5 + 5 + 5

6 × 4 | 3 × 1

2 ★★ **Complète comme dans l'exemple.**

Ex. : 4 × 3 = 3 × 4 = 12

a) 2 × 3 = ... × .... = ...

b) 5 × .... = 2 × .... = ...

c) .... × 4 = ... × 2 = 8

3 ★★ **Voici 12 pommes. Lisa a fait plusieurs paquets. Complète les calculs.**

.... × ....

.... × ....

4 ★★ **Calcule le nombre de cases de ce tableau sous la forme d'une addition puis d'une multiplication.**

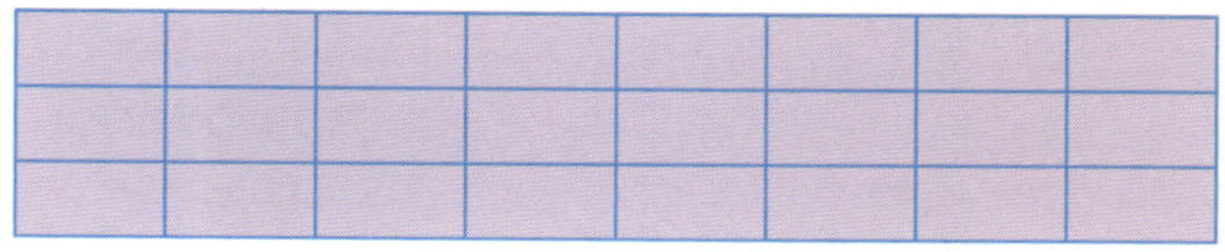

..... + ... + ... = ... × ..... = ...

..... + ... + ... + ... + ... + ... + ... + ... = ... × .....

Ce tableau a .... cases.

5 ★★★ **Colin a 3 paquets de 4 cartes à jouer. Combien a-t-il d'images ?**

.... × .... = ...

Colin a .... images

6 ★★★ **Résous ce problème.**

Elsa est malade. Le médecin lui a prescrit 2 cuillères à soupe de sirop par jour pendant 5 jours. Combien Elsa va-t-elle devoir prendre de cuillères de sirop ?

Calcul : ....

Elsa va devoir prendre .... cuillères de sirop.

Fais le bilan

Relie les opérations qui correspondent à la même quantité.

8 + 8 + 8 + 8 + 8 + 8 •	• 2 × 4
2 + 2 + 2 + 2 •	• 5 × 6
9 + 9 + 9 + 9 •	• 6 × 8
6 + 6 + 6 + 6 + 6 •	• 4 × 9

As-tu bien réussi ?

Leçon 13

La multiplication par un nombre entier de dizaines ou de centaines

Conseils Parents

- Au-delà de l'astuce qui consiste à ajouter un ou deux zéro(s), savoir multiplier par un nombre entier de dizaines ou de centaines va aider l'enfant à mieux comprendre les multiplications posées.
- Montrez à l'enfant que s'il sait calculer 2 × 5, alors il sait calculer 20 × 5 ou 200 × 5 ainsi que 2 × 50 et 2 × 500.

Retiens l'essentiel !

Multiplier par 10 ou 100

▸ Pour **multiplier** un nombre **par 10**, on ajoute **un zéro**.

Ex. : 3 × 10 = 30

▸ Pour **multiplier** un nombre **par 100**, on ajoute **deux zéros**.

Ex. : 3 × 100 = 300

Multiplier par plusieurs dizaines ou plusieurs centaines

▸ Pour multiplier un nombre par un **nombre entier de dizaines**, on le multiplie par le nombre de dizaines et on ajoute **un zéro**.

Ex. : 3 × 20 = 3 × 2 × 10
car 20 c'est 2 dizaines (2 × 10)
3 × 20 = 6 × 10 = 60

▸ Pour multiplier un nombre par un **nombre entier de centaines**, on le multiplie par le nombre de centaines et on ajoute **deux zéros**.

Ex. : 3 × 200 = 3 × 2 × 100
car 200 c'est 2 centaines (2 × 100)
3 × 200 = 6 × 100 = 600

Regarde comment on fait !

Comprendre la multiplication par un nombre entier de centaines

Calcule :
3 × 200

1. Commence par indiquer le **nombre de centaines** dans 200 :
200 = 100 + 100 = 2 × 100 (= 2 centaines)

2. **Décompose** la multiplication :
3 × 200 = 3 × 2 × 100

3. **Calcule** 3 × 2 (à l'aide de ta table de multiplication) puis ajoute **deux zéros** :
3 × 200 = 6 × 100 = 600

Entraîne-toi !

Corrigés → Guide Parents p. 13

1 ★ Complète les égalités.

a) 4 × 10 = ... b) 7 × 100 = ...

c) 5 × 10 = ... d) 9 × 100 = ...

e) 2 × 100 = ... f) 3 × 10 = ...

g) 8 × 100 = ... h) 8 × 10 = ...

2 ★★ Observe l'exemple et écris l'opération qui correspond au produit.

Ex. : 500 = 5 × 100

a) 60 = ... × .... b) 200 = ... × ....

c) 900 = ... × .... d) 80 = ... × ....

e) 400 = ... × .... f) 70 = ... × ....

3 ★★ Complète ces multiplications à trous.

a) .... × 12 = 120 b) .... × 36 = 360

c) .... × 3 = 300 d) .... × 15 = 150

e) .... × 29 = 290 f) .... × 41 = 410

4 ★★ Décompose ces multiplications comme dans l'exemple et calcule-les.

Ex. : 3 × 30 = (3 × 3) × 10 = 9 × 10 = 90

a) 4 × 50 = (........ × ....) × .... = ... × ....
= ....

b) 2 × 40 = (........ × ....) × .... = ... × ....
= ....

c) 6 × 20 = (........ × ....) × .... = ... × ....
= ....

5 ★★★ Calcule les points que Max a obtenus au jeu de fléchettes.

Max a obtenu : (........ × ....) = ... points.

Fais le bilan

Résous les problèmes. Écris et calcule les opérations puis complète les phrases de réponse.

a) À la cantine il y a 10 tables de 6 places.
Combien y a-t-il de places en tout ?

Opération : ....

Il y a .... places à la cantine.

b) Marie achète 4 paquets de 20 gâteaux. Combien a-t-elle de gâteaux en tout ?

Opération : .... Elle a .... gâteaux.

As-tu bien réussi ?

Leçon **14**

La multiplication en ligne

Conseils Parents

- Connaître le procédé de la décomposition pour la multiplication en ligne est très utile pour le calcul mental.
- On s'assurera que l'enfant comprend bien le mécanisme et n'oublie aucune étape.

Retiens l'essentiel !

La décomposition

▸ Dans certains cas simples, on peut effectuer une multiplication en ligne.

▸ Pour cela on utilise la **décomposition** et on fait ensuite appel à :
– sa connaissance des tables de multiplication ;
– sa connaissance de la multiplication par 10 ou ses multiples.

Ex. : Pour calculer 4 × 18, je décompose d'abord 18 sous la forme d'une addition :
18 = 10 + 8
Je multiplie ensuite chaque terme de l'addition par 4 :
4 × 18 = (4 × 10) + (4 × 8)
4 × 18 = 40 + 32
= 72

Regarde comment on fait !

Utiliser la décomposition pour faire une multiplication en ligne

Calcule :
5 × 14 =

1 Commence par **décomposer** le nombre à deux chiffres en une addition :
14 = 10 + 4

2 Effectue ensuite la **multiplication** en n'oubliant pas les parenthèses :
5 × 14 = (5 × 10) + (5 × 4)

3 Utilise ta connaissance de la multiplication par 10 et des tables pour faire le calcul :
5 × 14 = (5 × 10) + (5 × 4)
5 × 14 = 50 + 20
5 × 14 = 70

Entraîne-toi !

Corrigés → Guide Parents p. 13

1 ★ Calcule ces multiplications.

a) 4 × 13

13 = 10 + ...

4 × 13 = (........ × 10) + (........ × 3)

4 × 13 = ... + ...

4 × 13 = ...

b) 22 × 11

11 = ... + ...

22 × 11 = (........ × ....) + (........ × ....)

22 × 11 = ... + ...

22 × 11 = ...

2 ★★ Complète et calcule.

a) 3 × 42 = (3 × ....) + (3 × ....)

→ 3 × 42 = ... + ... = ...

b) 2 × 36 = (2 × ....) + (2 × ....)

→ 2 × 36 = ... + ... = ...

3 ★★ Calcule ces multiplications en décomposant tout seul les nombres. N'oublie pas les parenthèses !

a) 5 × 17 = ...

b) 19 × 2 = ...

4 ★★★ Une fleuriste fait 4 bouquets de 15 roses. Combien de roses a-t-elle utilisées ?

Opération en ligne : ....

Calcul : ....

Réponse : La fleuriste a utilisé .... roses.

5 ★★★ Arthur a acheté ces 5 livres de la même collection. Combien a-t-il dépensé ?

Opération en ligne : ....

Calcul : ....

Réponse : Arthur a dépensé .... euros.

Fais le bilan

Ces égalités sont-elles justes ? Coche la bonne case.

	Vrai	Faux
a) (3 × 17) = (3 × 10) + (3 × 7)	☐	☐
b) (2 × 28) = (2 × 20) + (20 × 8)	☐	☐
c) (8 × 19) = (8 × 100) + (8 × 9)	☐	☐
d) (4 × 53) = (4 × 50) + (4 × 3)	☐	☐

As-tu bien réussi ?

Leçon 15

La multiplication posée

Conseils Parents

- Comme pour toutes les opérations posées, vérifiez que l'enfant aligne bien les chiffres. Il peut utiliser un tableau dans un premier temps pour ne pas se tromper.
- Insistez sur l'importance de connaître les tables de multiplication.

Retiens l'essentiel !

La multiplication posée en colonnes

▸ Pour calculer un **produit de plusieurs nombres**, on peut poser l'opération en **colonnes.**

▸ On commence par poser les nombres correctement en commençant par **le plus grand nombre.**

▸ On multiplie ensuite :
– d'abord les unités : 2 × 4 = 8
– puis les dizaines : 2 × 3 = 6
– puis les centaines : 2 × 1 = 2

Ex. : 134 × 2 = 268

	c	d	u
	1	3	4
×			2
=	2	6	8

La multiplication posée avec retenue

Si le produit obtenu dans l'une des colonnes est un nombre à deux chiffres, on a une retenue.

▸ On multiplie :
– d'abord les unités : 2 × 4 = 8
– puis les dizaines : 2 × 7 = 14
J'écris 4 dans la colonne des dizaines et j'ajoute 1 en retenue dans la colonne des centaines.
– puis les centaines : 2 × 1 = 2 + 1 retenue = 3

Ex. : 174 × 2 = 348

	c	d	u
	1 (+1)	7	4
×			2
=	3	4	8

Regarde comment on fait !

Poser une mutiplication en colonnes

Calcule :
5 × 32 =

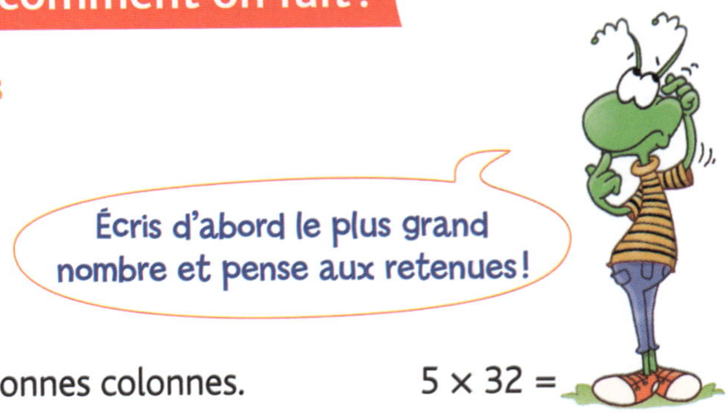

❶ Pose l'opération en :
– commençant par le plus grand nombre ;
– plaçant correctement les chiffres dans les bonnes colonnes.

❷ Effectue ensuite la multiplication en commençant :
– par les unités : 5 × 2 = 10
Je pose 0 dans les unités et j'ajoute 1 dans la colonne des dizaines.
– puis les dizaines : 5 × 3 = 15 + 1 de retenue = 16
Je pose 6 dans les dizaines et j'ajoute 1 dans la colonne des centaines.
– puis les centaines : 5 × 0 = 0 + 1 de retenue = 1

5 × 32 =

	c	d	u
	(+1)	3 (+1)	2
×			5
=	1	6	0

Entraîne-toi !

Corrigés → Guide Parents p. 13

1 ★ Barre la multiplication qui est mal posée et calcule l'autre.

	c	d	u
		4	1
×			5
=	......	......	....

	c	d	u
	1	3	
×		4	
=	......	......	....

2 ★★ Vérifie que ces multiplications sont justes. Corrige celles qui sont fausses.

	c	d	u
	1^{+2}	6	2
×			4
=	6	4	8

	c	d	u
	2	0	7
×			3
=	6	0	1

	c	d	u
	1	2^{+1}	2
×			5
=	5	1	0

3 ★★★ Pose et effectue ces opérations.

358 × 2 =

116 × 5 =

4 ★★★ Résous ce problème en posant la bonne opération.

Il faut 15 boîtes de 9 briques de Lego® pour construire une maquette de la tour Eiffel. Combien de briques sont nécessaires à la construction du monument ?

Réponse : ....

Maths

Fais le bilan

Résous le problème. Pose et calcule l'opération puis complète la phrase de réponse.

Dans la classe il y a 5 pochettes de 17 feutres.

Combien y a-t-il de feutres en tout ?

Il y a .... feutres.

As-tu bien réussi ?

Leçon 16

Approche de la division

Conseils Parents

- Les situations de partages sont nombreuses dans la vie quotidienne : partager des gâteaux, les cartes d'un jeu…
- Pour résoudre les problèmes de groupements et de partages, la connaissance des tables de multiplication est indispensable.

Retiens l'essentiel !

Situations de partages

▸ Quand on veut partager une quantité en **parts égales**, on fait une **division.** Le signe de la division est :.

Ex. : On veut partager équitablement 8 élastiques entre 4 enfants. Combien d'élastiques aura chaque enfant ?

→ Je fais un schéma :

Je peux aussi m'aider des tables de multiplication.
Pour cela, je pose une multiplication à trous : 4 × ? = 8.
4 × 2 = 8. Donc 8 : 4 = 2. Chaque enfant aura 2 élastiques.

Situations de groupements

▸ Quand on veut savoir **combien de fois un nombre est contenu dans un autre**, on fait aussi une **division.**

Ex. : Mila veut ranger 18 œufs dans des boîtes de 6. Combien remplira-t-elle de boîtes ?

→ Je fais un schéma :

Mila utilisera 3 boîtes car 6 × 3 = 18 ou 18 : 6 = 3.

Regarde comment on fait !

Effectuer un groupement

Résous ce problème :
Hugo a cueilli 12 fleurs. Il veut faire des bouquets de 3 fleurs. Combien fera-t-il de bouquets ?

❶ Fais un **schéma.**

❷ Fais une **multiplication à trous.**
3 × ? = 12

❸ Cherche dans la table de multiplication de 3 pour **trouver le multiple** qui donne 12.
3 × 4 = 12 ou 12 : 3 = 4
Hugo fera 4 bouquets.

Si tu as oublié la table de multiplication par 3, tu peux ajouter 3 + 3 + 3 + 3 jusqu'à obtenir 12, mais c'est bien plus long !

Entraîne-toi !

Corrigés → Guide Parents p. 13

1 ★ Fais des paquets pour partager équitablement les éléments entre chaque enfant. Puis complète les phrases.

a)

Chaque enfant a [.......] billes.

b)

Chaque enfant a [.......] trèfles.

2 ★★ Une boîte de balles de tennis contient 5 balles. Combien faut-il de boîtes pour ranger 20 balles ?

a) Fais un schéma :

b) Complète la phrase de réponse.

Il faut [.......] boîtes pour ranger 20 balles.

3 ★★ Complète les égalités comme dans l'exemple.

Ex. : 5 × 4 = 20 donc 20 : 5 = 4

a) 3 × .... = 24 donc 24 : 3 = ...

b) 2 × .... = 12 donc 12 : 2 = ...

c) 4 × .... = 36 donc 36 : 4 = ...

4 ★★★ Résous ce problème.

Pendant le cours de gymnastique, les 24 élèves de la classe doivent faire 4 équipes. Combien d'élèves y aura-t-il dans chaque équipe ?

a) Multiplication à trous : ....

b) Division qui correspond : ....

c) *Réponse :* Il y aura [.......] élèves par équipe.

5 ★★★ Résous ce problème.

Chloé, Jade, Gabriel et Adam se partagent un jeu de 32 cartes. Combien de cartes aura chaque enfant ?

a) Multiplication à trous : ....

b) Division qui correspond : ....

c) *Réponse :* Chaque enfant aura [.......] cartes.

Fais le bilan

Résous ce problème.

Pour la fête de l'école, les élèves installent 56 chaises qu'ils doivent disposer en 7 rangées égales. Combien y a-t-il de chaises sur chaque rangée ?

Schéma :

Multiplication à trous : ....

Division qui correspond : ....

Il y aura [.......] chaises sur chaque rangée.

As-tu bien réussi ?

Leçon 17

Approche de la soustraction

Conseils Parents

- Dans un premier temps, l'enfant peut utiliser ses doigts ou des dessins pour calculer une différence.
- La connaissance des compléments à 10 peut également être très utile.
- De nombreuses situations de la vie courante font appel aux calculs de différences ou soustractions.

Retiens l'essentiel !

Différence de deux nombres

▸ Dans certaines situations ou certains problèmes, il peut être nécessaire de calculer une **différence**, c'est-à-dire **l'écart qui sépare deux nombres.**

▸ Dans ce cas, on peut faire une **addition à trous** et remplacer cette addition à trous par une **soustraction.**

Ex. :

• **Situation problème :**

En rangeant son paquet de 32 cartes, Robin n'en trouve que 24.
Combien de cartes lui manque-t-il ?

• **Raisonnement :**

Je dois chercher ce qui, ajouté à 24, fait 32.
Je peux donc écrire une addition à trous : 24 + ? = 32
Pour trouver la donnée manquante, je peux poser une soustraction :
? = 32 – 24 = 8
Cela revient à se demander combien de nombres séparent 24 de 32 :
25, 26, 27, 28, 29, 30, 31, 32, soit 8 nombres.
Il manque 8 cartes.

Regarde comment on fait !

Calculer une différence dans un problème

Résous ce problème :

Un carreleur doit poser 43 carreaux autour d'une baignoire.
Il en a déjà posé 29. Combien de carreaux doit-il encore poser ?

1 Traduis le problème en **opérations.**

Je dois chercher ce qui, ajouté à 29, fait 43.
J'écris une addition à trous : 29 + ? = 43.
Je peux remplacer cette addition à trous par une soustraction :
? = 43 – 29

Sers-toi des compléments à 10 !

2 Cherche l'**écart** ou la **différence** entre les deux nombres de la soustraction en utilisant la méthode la plus rapide.

Pour aller de 29 à 43, je cherche les solutions les plus rapides :
Je sais que 29 + 1 = 30
Je sais que 30 + 10 = 40 et que 40 + 3 = 43

→ J'ajoute 1 + 10 + 3 = 14
43 – 29 = 14
Le carreleur doit encore poser 14 carreaux.

Entraîne-toi !

Corrigés → Guide Parents p. 14

1 ★ Barre pour calculer les différences.

6 – 3 = ...

3 – 2 = ...

2 ★ Écris l'opération et calcule.

.... – .... = ...

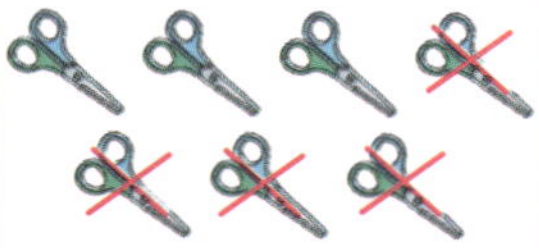

.... – .... = ...

3 ★ Complète ces additions à trous le plus vite possible.

a) 6 + ... = 10 **b)** 13 + ... = 20

c) 19 + ... = 30 **d)** 8 + ... = 20

4 ★★ Résous ce problème.

Adèle et Enzo ont cueilli des fraises. Adèle en a cueilli 39 et Enzo 28. Combien Adèle a-t-elle cueilli de fraises de plus qu'Enzo ?

a) Opération à poser : ....

b) Calcul : ....

c) *Réponse :* ....

5 ★★★ Dans les deux classes de CE1 d'une école, il y a 53 élèves dont 25 sont des filles. Combien y a-t-il de garçons ?

a) Pose l'addition à trous :

....

b) Transforme-la en soustraction :

....

c) Calcule la différence :

....

Réponse : Il y a .... garçons en tout dans les deux classes.

6 ★★★ Résous ce problème.

Les élections municipales ont eu lieu ce dimanche. À Valendru, il y a 503 électeurs. Parmi eux, 103 personnes ne sont pas venues voter. Combien d'électeurs ont voté ?

....

....

Réponse : ....

....

Fais le bilan

Résous ce problème.

Des oiseaux se sont échappés de leur cage. Ils étaient 43 et il n'en reste que 31. Combien d'oiseaux se sont envolés ?

Opérations : ....

.... oiseaux se sont envolés.

As-tu bien réussi ?

Maths

Leçon 18 La soustraction posée sans retenue

Conseils Parents

- Tout comme pour l'addition, assurez-vous que l'enfant pose correctement les chiffres dans les bonnes colonnes.
- Veillez également à ce qu'il écrive bien le plus grand nombre en premier.

Retiens l'essentiel !

La soustraction

- La soustraction est l'opération qui permet de soustraire (c'est-à-dire d'**enlever**) une quantité à une autre quantité.
- Le signe de la soustraction est –
(qui se lit « moins »).
- Une soustraction peut s'écrire **en ligne** ou en **colonne**.

Ex. : 76 – 52 =

	d	u
	7	6
–	5	2
=	2	4

Poser une soustraction

- Pour poser une soustraction, je procède comme pour l'addition, en écrivant **le plus grand nombre en premier** et en plaçant :
– les unités sous les unités (dans la colonne de droite) ;
– les dizaines sous les dizaines (dans la colonne du milieu) ;
– les centaines sous les centaines (dans la colonne de gauche).
- Je place le **signe de la soustraction** et je soustrais :
– d'abord les unités : 4 – 1 = 3
– ensuite les dizaines : 3 – 2 = 1
– puis les centaines : 1 – 0 = 1

Ex. : 134 – 21 =

	c	d	u
	1	3	4
–		2	1
=	1	1	3

Regarde comment on fait !

Poser une soustraction dans un problème

Résous ce problème :
Dans un aquarium, il y a 48 poissons dont 16 sont des poissons-clowns. Combien y a-t-il de poissons d'autres espèces dans l'aquarium ?

1. Traduis le problème en **opération**.
Je dois retirer le nombre de poissons-clowns (16) du nombre total de poissons (48) dans l'aquarium.
Je pose donc l'opération 48 – 16 = ?
2. Pose la soustraction en plaçant correctement les nombres.
3. Soustrais :
– d'abord les **unités** : 8 – 6 = 2 – puis les **dizaines** : 4 – 1 = 3
Il y a 32 poissons d'autres espèces dans l'aquarium.

48 – 16 =

	d	u
	4	8
–	1	6
=	3	2

Entraîne-toi !

Corrigés → Guide Parents p. 14

1 ★ Calcule les soustractions.

	d	u
	4	9
–	3	1
=	......	......

	d	u
	8	5
–	6	4
=	......	......

2 ★★ Pose les soustractions et calcule-les.

89 – 54 =

78 – 41 =

	d	u
	9 5	(14)
–	8	9
=	6	4

	d	u
	7	8
–	4	1
=	3	7

3 ★★ Pose et calcule ces opérations.

77 – 25 =

63 – 31 =

56 – 35 =

89 – 25 =

	d	u
	7	7
–	2	5
	5	2

	d	u
	6	3
–	3	1
	3	2

	8	9
–	2	5
	6	4

4 ★★★ Résous ce problème.

Mattéo veut s'acheter un train électrique qui coûte 54 euros. Dans sa tirelire, il n'a que 32 euros. Combien lui manque t-il pour pouvoir acheter le jouet ?

Écris l'opération à faire : ....

Pose l'opération :

Il lui manque ...... euros.

Fais le bilan

Ces deux opérations sont fausses. Explique pourquoi.

a)

	5	9
–	3	6
=		

....

....

....

b)

		4	5
–	5	7	0
=			

....

....

....

As-tu bien réussi ?

Leçon 19 La soustraction posée avec retenue

Conseils Parents

- Assurez-vous que l'enfant pose correctement les chiffres dans les bonnes colonnes.
- La soustraction avec retenue est souvent difficile à appréhender pour l'enfant. Décomposez méthodiquement et régulièrement la démarche avec lui.

Retiens l'essentiel !

La soustraction avec retenue

▸ Pour poser la soustraction, je procède comme d'habitude, en écrivant **le plus grand nombre en premier** et en plaçant :
- les unités sous les unités (dans la colonne de droite) ;
- les dizaines sous les dizaines (dans la colonne du milieu) ;
- les centaines sous les centaines (dans la colonne de gauche).

▸ Si, dans la colonne de droite ou dans celle du milieu, le chiffre du haut est inférieur à celui du bas, il faut placer des **retenues.** Ainsi, je soustrais :
- d'abord les unités :
0 – 6 : impossible car 0 < 6
donc je fais 10 – 6 = 4.
Je place 4 dans les unités et je mets 1 retenue dans la colonne des dizaines.
- ensuite les dizaines :
6 – (5 + 1 de retenue) = 6 – 6 = 0
- ensuite les centaines :
7 – 0 = 7

Ex. : 760 – 56 =

	c	d	u
	7	6	$_1$0
–		5$_{+1}$	6
=	7	0	4

Regarde comment on fait !

Poser une soustraction avec retenue

Calcule :
152 – 34 =

1 Pose l'opération en plaçant **le plus grand nombre en premier** et les chiffres dans les bonnes colonnes.

2 Soustrais (en pensant aux **retenues**) :
- d'abord les unités : 2 – 4 : impossible car 2 < 4
donc je fais 12 – 4 = 8.
Je place 8 dans les unités et je mets 1 retenue dans la colonne des dizaines.
- puis les dizaines : 5 – (3 + 1 de retenue) = 5 – 4 = 1
- ensuite les centaines : 1 – 0 = 1

152 – 34 =

	c	d	u
	1	5	^{1}2
–		3$_{+1}$	4
=	1	1	8

Corrigés → Guide Parents p. 14

1 ★ Calcule les soustractions.

	d	u
	3	14
–	1+1	7
=	1	7

	d	u
	6	11
–	2+1	6
=	3	5

2 ★★ Pose et calcule les soustractions.

51 – 19 =

	d	u
	5	11
–	1+1	9
=	3	2

70 – 48 =

	d	u
	7	10
–	4+1	8
=	2	2

3 ★★ Résous ce problème.

Nathan et Louna font un puzzle de 60 pièces.
Il leur reste 23 pièces à poser.
Combien de pièces ont-ils déjà posées ?

a) Écris l'opération à faire : 60 – 23 = 37

b) Pose l'opération :

	d	u
	6	10
–	2+1	3
	3	7

Ils ont déjà posé 37 pièces du puzzle.

4 ★★★ Résous ce problème.

Dans un jeu de l'oie, il y a 63 cases.
Lina est à la case 26 et Jules à la case 34.
Combien de cases doivent-ils encore faire pour atteindre l'arrivée ?

a) Écris les deux opérations à faire : 63 – 26 = ?

b) Pose les deux opérations :

6	3
2	6

Lina doit faire .... cases et Jules doit faire .... cases.

Fais le bilan

Vérifie les opérations au brouillon et coche la bonne case.

	Vrai	Faux
a) 32 – 14 = 18	☐	☐
b) 50 – 25 = 35	☐	☐
c) 46 – 18 = 28	☐	☐

As-tu bien réussi ?

Leçon 20

Segments et droites (parallèles et perpendiculaires)

Conseils Parents

- Montrez à l'enfant la différence entre un segment (délimité à chaque bout) et une droite (illimitée).
- Il faudra être attentif à la façon dont l'enfant utilise sa règle.

Retiens l'essentiel !

Segment et droite

Il ne faut pas confondre **segment** et **droite**.

▸ Une **droite** est un **trait illimité** qui **passe par deux points.**

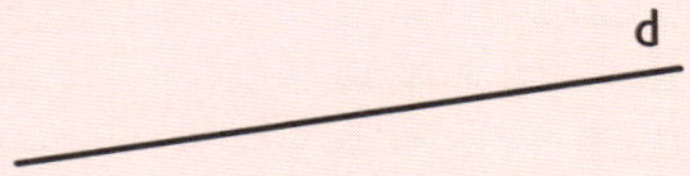

▸ Un **segment** est une partie de la droite ; il est **délimité par deux points.**

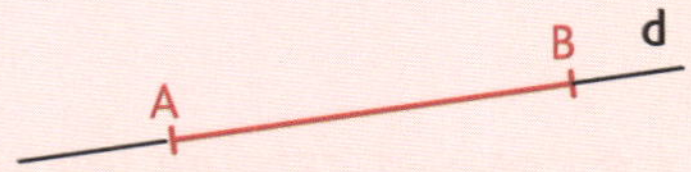

▸ Pour tracer une droite ou un segment, je dois utiliser une **règle.**

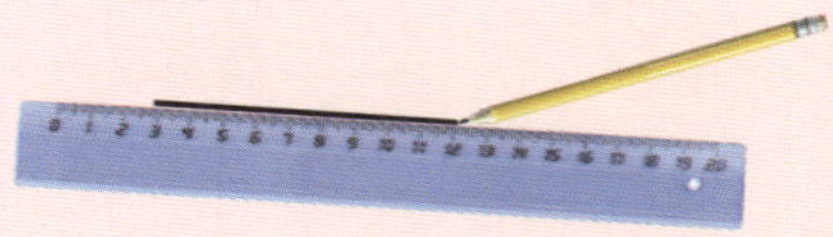

Droites parallèles

Deux droites sont **parallèles** lorsqu'elles **ne se touchent jamais.**

Droites perpendiculaires

Deux droites sont **perpendiculaires** lorsqu'elles se coupent en formant **4 angles droits.**

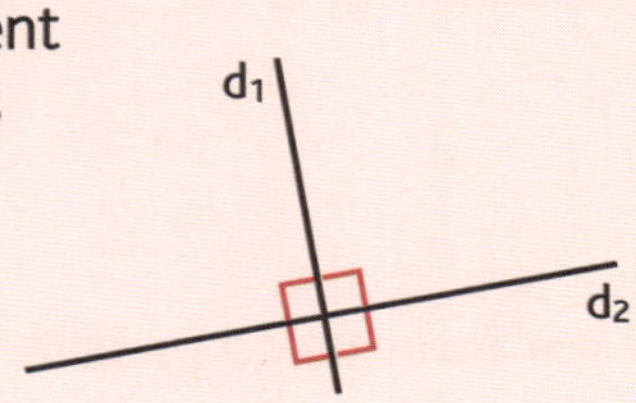

Regarde comment on fait !

Tracer un segment entre deux points

Tiens bien ta règle à plat pour tracer !

Trace le segment reliant les points A et B.

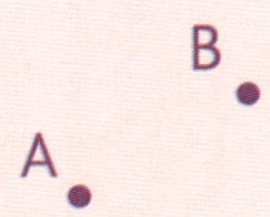

1 Place ta règle entre les deux points, légèrement sous les points A et B.

2 Tiens ta règle à plat avec une main.

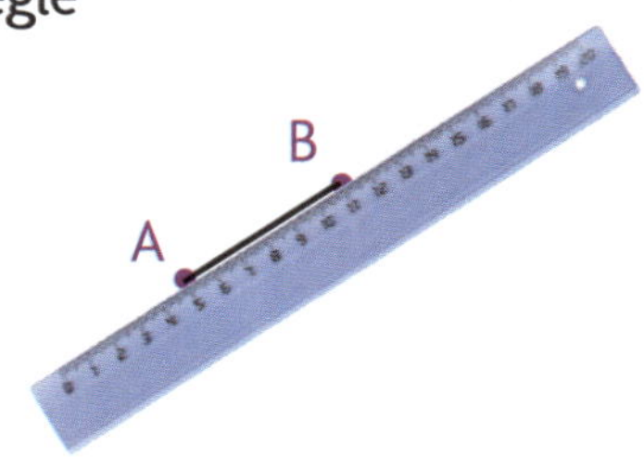

3 Avec l'autre main, trace un trait le long de la règle, sans trembler.

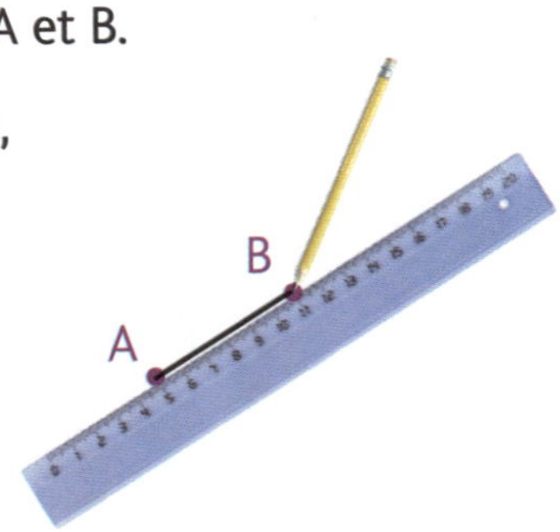

Entraîne-toi !

Corrigés → Guide Parents p. 15

1 ★ À l'aide d'une règle, repasse en rouge les segments et en bleu les droites.

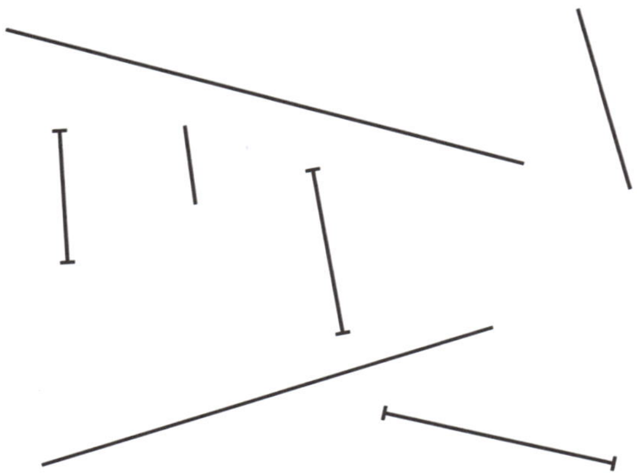

2 ★ Avec une règle, trace un segment de 4 cm. Au milieu de ce segment, trace avec une équerre une droite perpendiculaire.

3 ★★ Avec ta règle, relie les points pour tracer les voiles du bateau.

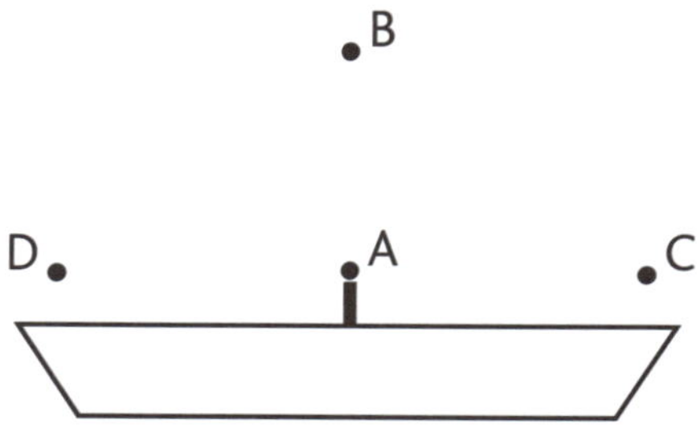

4 ★★★ Observe la figure et coche les bonnes réponses.

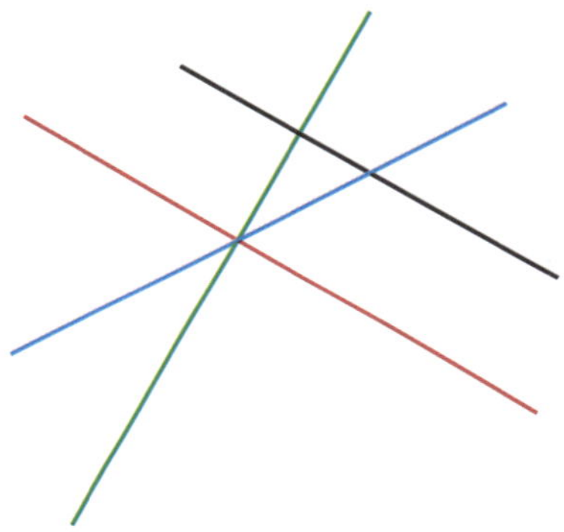

a) Dans la figure, la droite rouge et la droite noire sont :

☐ perpendiculaires. ☐ parallèles.

b) Dans la figure, la droite verte et la droite noire sont :

☐ perpendiculaires. ☐ parallèles.

Fais le bilan

Vrai ou faux ? Coche les bonnes réponses.

	Vrai	Faux
a) Une droite est illimitée.	☐	☐
b) Deux droites parallèles se coupent.	☐	☐
c) Deux droites perpendiculaires se coupent en formant 4 angles droits.	☐	☐
d) Pour tracer un segment ou une droite, on utilise une règle.	☐	☐

As-tu bien réussi ? ☹ 😐 ☺

Leçon 21

Les polygones

Conseils Parents

- Rappelez à l'enfant ce qui caractérise un polygone : plusieurs côtés, figure fermée, pas de courbe.
- On pourra l'entraîner à reconnaître puis tracer des polygones en lui faisant identifier le type de polygone (en fonction du nombre de côtés).

Retiens l'essentiel !

Qu'est-ce qu'un polygone ?

Un polygone est une **figure géométrique** fermée qui a **plusieurs côtés**. Il n'y a **pas de courbe** dans un polygone.

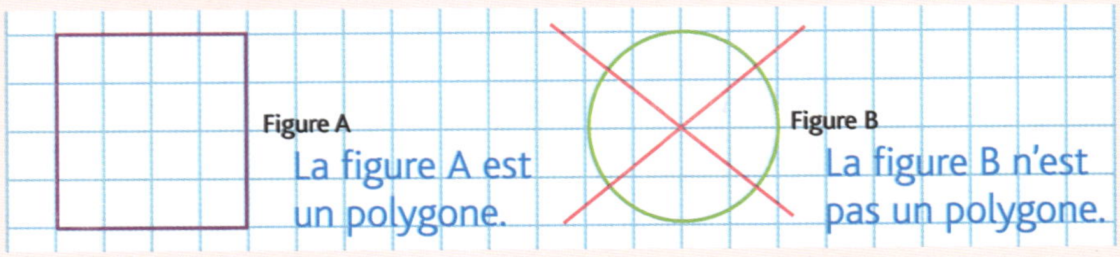

Différents types de polygones

On classe les polygones en fonction de leur **nombre de côtés** :
– ceux qui ont **3 côtés** sont des **triangles** ;
– ceux qui ont **4 côtés**, comme le **carré** ou le **rectangle**, sont des **quadrilatères** ;
– ceux qui ont **5 côtés** sont des **pentagones**.
Mais il y en a d'autres, avec plus de côtés.

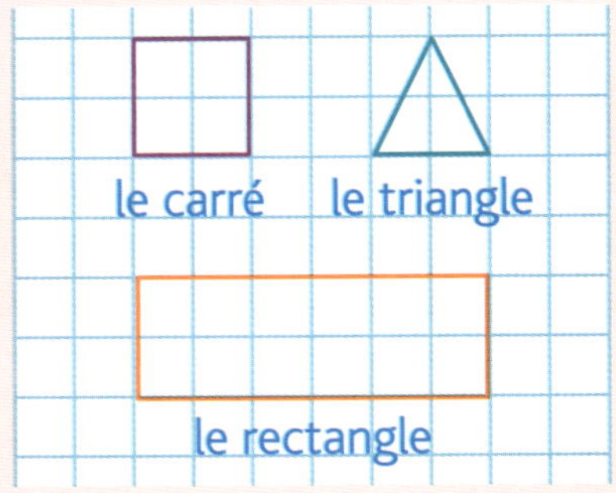

Regarde comment on fait !

Reconnaître un polygone

Indique si ces figures sont des polygones.

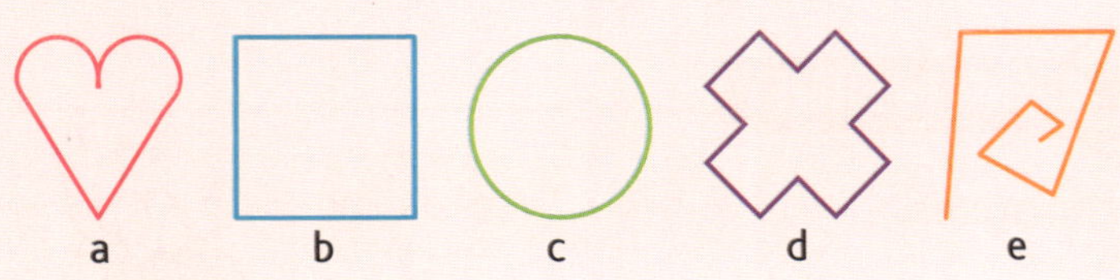

1 Observe attentivement les 5 figures et rappelle-toi ce qui caractérise un **polygone** :

– c'est une **figure fermée** ;
→ J'élimine la figure e.

– qui n'a **pas de ligne courbe** ;
→ J'élimine les figures a et c.

– qui a **plusieurs côtés**.
→ Les figures b et d sont des polygones.

2 Repère s'il y a des noms de polygones que tu connais.
→ On reconnaît le carré (figure a) qui a 4 côtés (c'est un quadrilatère) de même longueur.

Entraîne-toi !

Corrigés → Guide Parents p. 15

1 ★ Coche les figures qui sont des polygones.

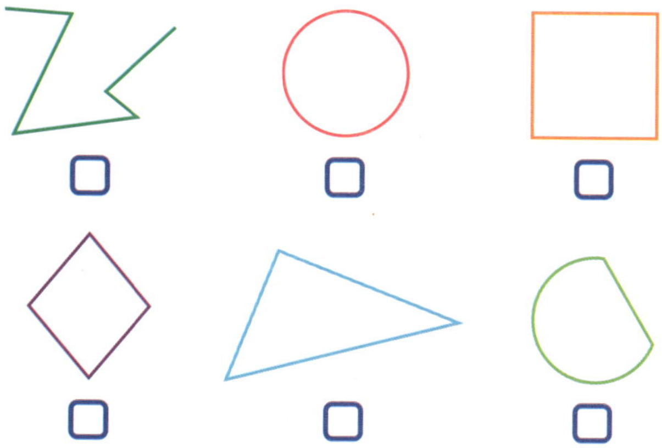

2 ★★ Colorie en rouge les polygones à 3 côtés, en bleu celui à 4 côtés, en vert celui à 5 côtés et barre ceux qui ne sont pas des polygones.

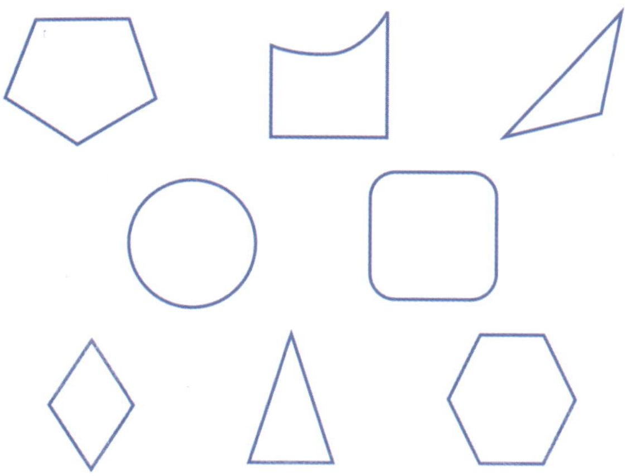

3 ★★★ Lis les consignes et complète les figures à l'aide d'une règle.

a) Trace un polygone à 4 côtés.

b) Trace un polygone à 3 côtés.

Fais le bilan

Complète le tableau.

	Nombre de côtés	Nombre d'angles	Nom du polygone
	....	....	....
	....	....	....
	....	....	....

As-tu bien réussi ?

Leçon 22

Le carré et le rectangle

Conseils Parents

- Si l'enfant reconnaît intuitivement les carrés et les rectangles, il doit être capable d'en connaître les propriétés respectives.
- Il doit aussi savoir utiliser l'équerre pour vérifier où tracer les angles droits.

Retiens l'essentiel !

Le carré

▸ Le carré est un polygone à 4 côtés : c'est un **quadrilatère.**

▸ Le carré a **4 côtés de même longueur, 4 sommets** et **4 angles droits.**

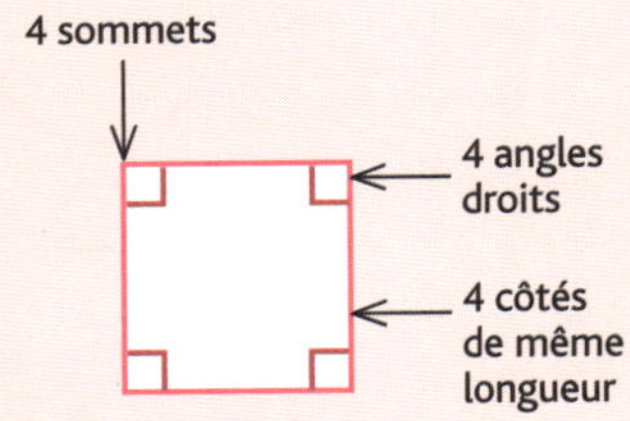

Le rectangle

▸ Le rectangle est un polygone à 4 côtés : c'est un **quadrilatère.**

▸ Le rectangle a **ses côtés opposés de même longueur, 4 sommets** et **4 angles droits.**

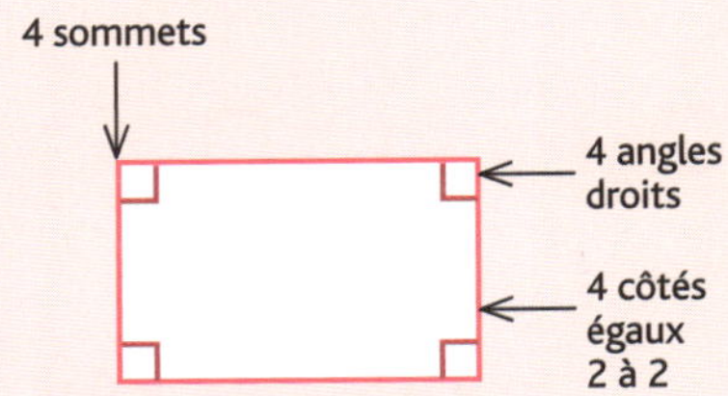

Pour vérifier que les angles sont droits, on utilise une **équerre.**

Regarde comment on fait !

Tracer un carré à l'aide d'un quadrillage et d'une équerre

Trace un carré de 3 carreaux de côté.

1 En t'aidant d'une règle et du quadrillage, trace un trait horizontal de 3 carreaux.

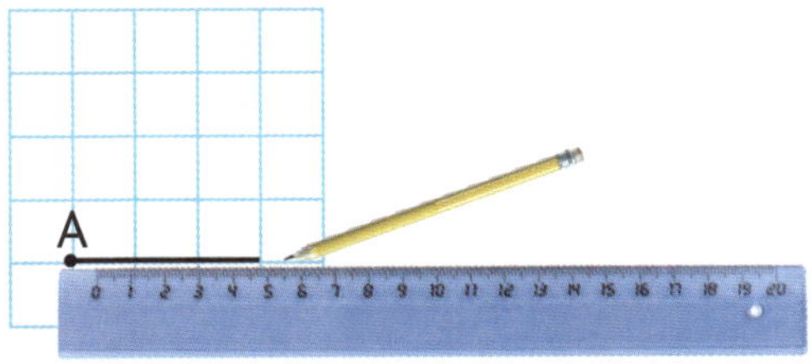

2 En t'aidant des lignes verticales et d'une équerre, trace un trait perpendiculaire de 3 carreaux.

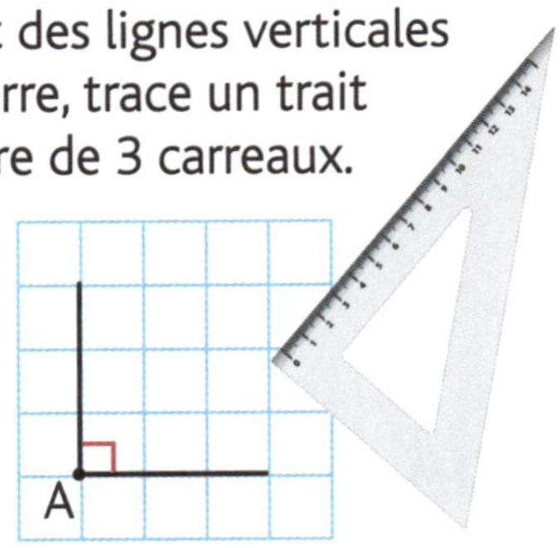

3 Referme le carré en traçant les deux autres côtés de la même façon.

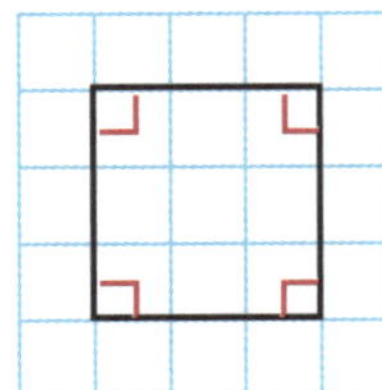

Entraîne-toi !

Corrigés → Guide Parents p. 15

1 ★ **Colorie les carrés en vert.**

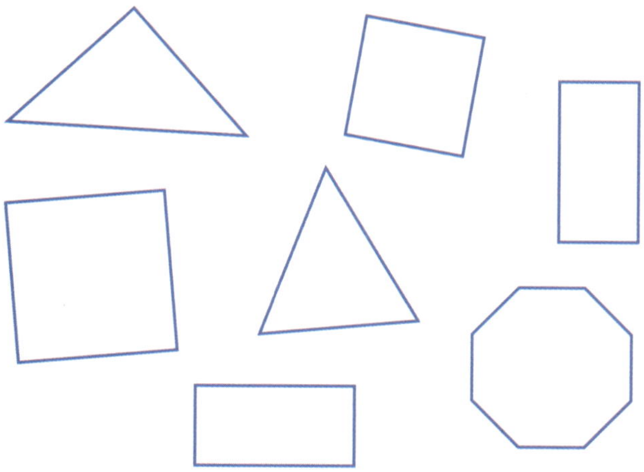

2 ★★ **Colorie les rectangles en rouge.**

3 ★★★ **En t'aidant des points, trace un carré et un rectangle avec ta règle et ton équerre.**

4 ★★★ **À l'aide de l'équerre, vérifie les angles de ces quadrilatères et coche le carré et le rectangle.**

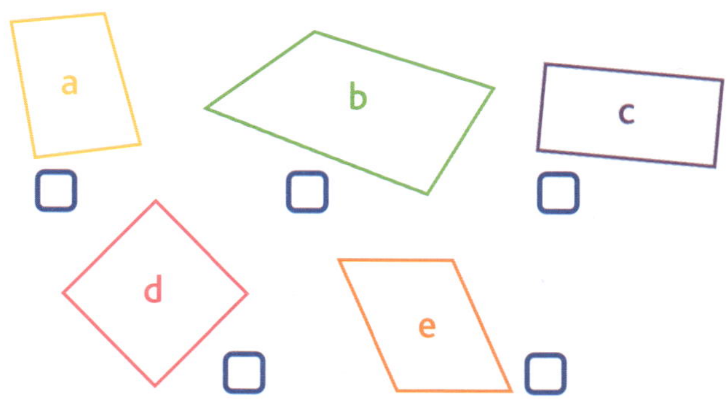

Fais le bilan

Continue la frise.

As-tu bien réussi ?

Leçon 23

Se repérer sur un quadrillage

Conseils Parents

- Entraînez l'enfant à manier les quadrillages. On peut, dans un premier temps, travailler avec des carreaux puis créer des quadrillages différents.
- N'hésitez pas à recourir à des exercices ludiques, du type bataille navale.

Retiens l'essentiel !

Comment fonctionne un quadrillage ?

▸ Un quadrillage est formé de **lignes** et de **colonnes** qui forment des **cases**.

▸ Pour **se repérer sur un quadrillage**, on peut **compter les cases.** On peut aussi **numéroter les lignes** et **donner une lettre à chaque colonne.** Il suffit ensuite de repérer la case en se servant de ses **coordonnées.**

	a	b	c	d	e
1					
2					
3			☼		
4					

– Dans ce quadrillage, il y a 4 lignes, numérotées de 1 à 4.
– Il y a 5 colonnes, notées a, b, c, d et e.
– Les coordonnées de la case avec le soleil sont (3, c).

▸ On appelle **nœud** d'un quadrillage l'**intersection** d'une ligne horizontale et d'une ligne verticale.
Les points noirs sont des nœuds.

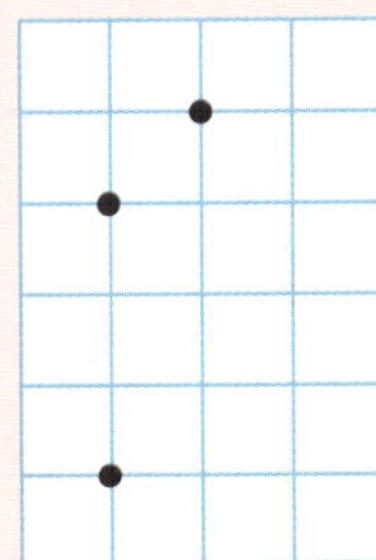

Regarde comment on fait !

Repérer une case sur un quadrillage

Dessine une étoile dans la case (4, b).

	a	b	c	d	e
1					
2					
3					
4					

❶ Tu dois repérer la case (4, b).
4 correspond à la ligne horizontale (en vert).
b correspond à la colonne verticale (en orange).

❷ Repère la ligne et la colonne et, dans la case située au croisement des deux, dessine l'étoile.

	a	b	c	d	e
1					
2					
3					
4		★			

Entraîne-toi !

Corrigés → Guide Parents p. 16

1 ★ **Colorie les cases indiquées : (3, b) ; (1, c) ; (d, 2).**

	a	b	c	d	e
1					
2					
3					
4					

2 ★★ **Écris la position de chaque fruit en donnant les coordonnées des cases.**

	A	B	C	D	E
1					
2					
3					
4					
5					

 (……, ……)	 (……, ……)	 (……, ……)
 (……, ……)	 (……, ……)	 (……, ……)

3 ★★★ **Place les formes sur le quadrillage.**

	A	B	C	D	E
1					
2					
3					
4					
5					

 (B, 2)

 (A, 5)

 (C, 5)

 (D, 4)

4 ★★★ **Reproduis le dessin.**

	A	B	C	D	E
1					
2					
3					
4					
5					

Fais le bilan

Décode le message en écrivant les lettres dans l'ordre des coordonnées.

	a	b	c	d	e
1	B	W	S	Q	M
2	Y	K	A	N	P
3	Z	U	G	L	O
4	D	R	J	T	I
5	E	F	H	V	X

(1, a) : ……… (4, b) : ………

(2, c) : ……… (5, d) : ………

(3, e) : ………

……………………………………

As-tu bien réussi ?

Leçon
24
La symétrie

Conseils Parents

• Pour sensibiliser l'enfant à la notion de symétrie, on pourra utiliser le pliage en montrant la superposition ou non des deux côtés de la figure le long du pli.

Retiens l'essentiel !

Axe de symétrie

▸ Une figure possède un **axe de symétrie** si on peut **plier cette figure selon cet axe** et que ses **deux parties se superposent exactement**.

▸ Certaines figurent possèdent **un ou plusieurs axe(s) de symétrie**, d'autres **aucun**.

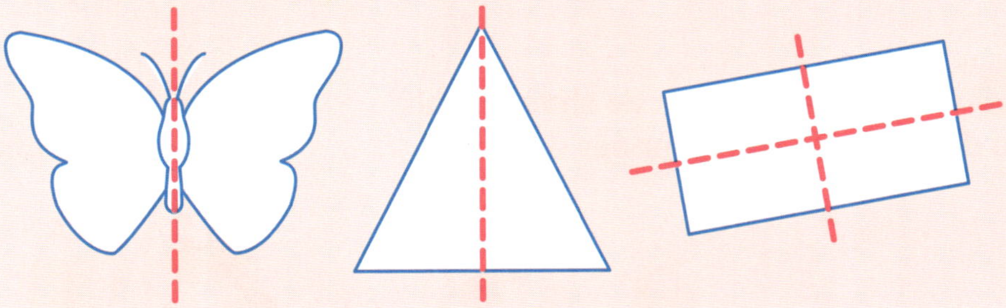

Regarde comment on fait !

Repérer l'axe de symétrie d'une figure

Observe ces deux figures et trace l'axe de symétrie s'il y en a un.

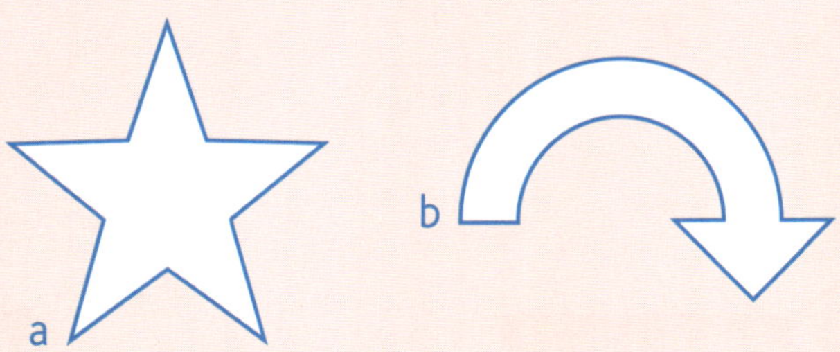

Pour qu'il y ait symétrie, il faut que les deux parties de la figure se superposent exactement !

1 Pour repérer un **axe de symétrie**, tu dois imaginer la **ligne de pliage** à partir de laquelle tu pourras superposer exactement deux côtés de la figure.

2 Observe attentivement les deux figures et essaie de les **plier en deux** dans ta tête en superposant les morceaux.
Sur la figure a, on peut trouver un axe de symétrie.
Sur la figure b, il n'y a pas d'axe de symétrie.

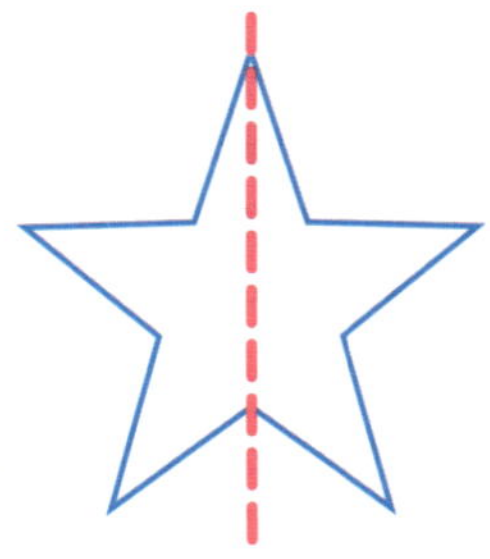

Entraîne-toi !

Corrigés → Guide Parents p. 16

1 ★ Entoure les figures qui ont un ou plusieurs axes de symétrie.

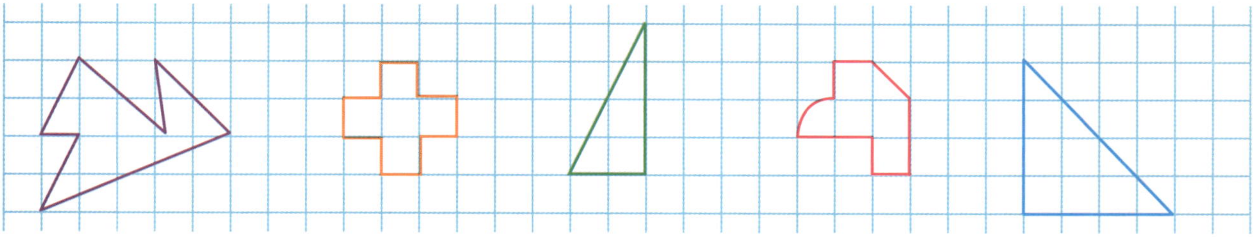

2 ★★ Trace l'axe de symétrie de chaque figure.

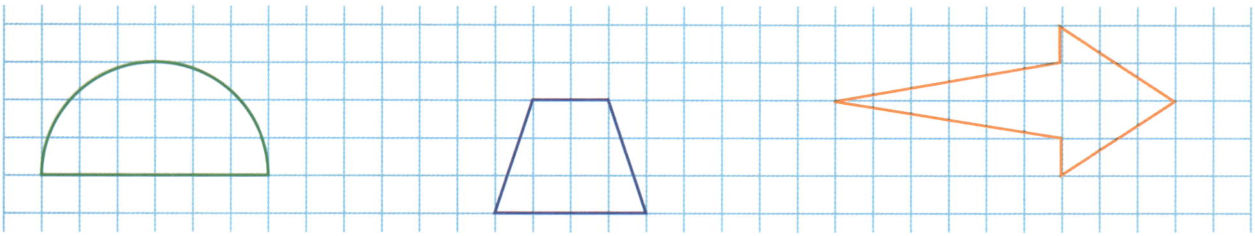

3 ★★★ Trace, à l'aide d'une règle, au moins deux axes de symétrie sur chaque figure.

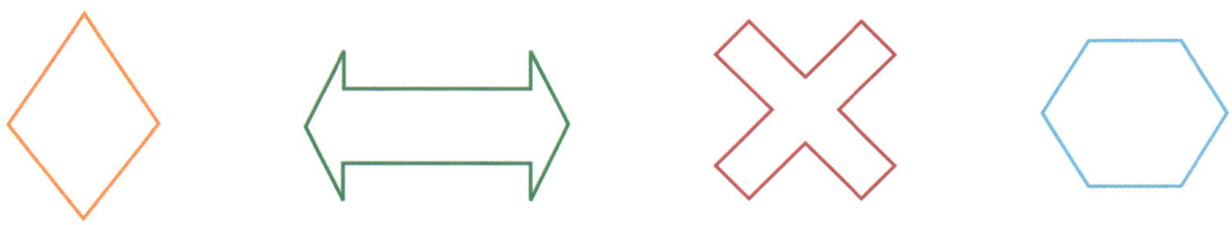

4 ★★★ Colorie pour que chaque dessin soit symétrique par rapport à l'axe noir.

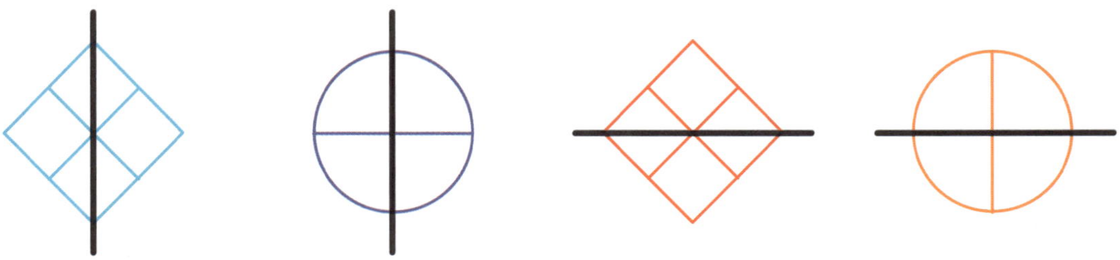

Fais le bilan

Colorie les dessins en symétrique.

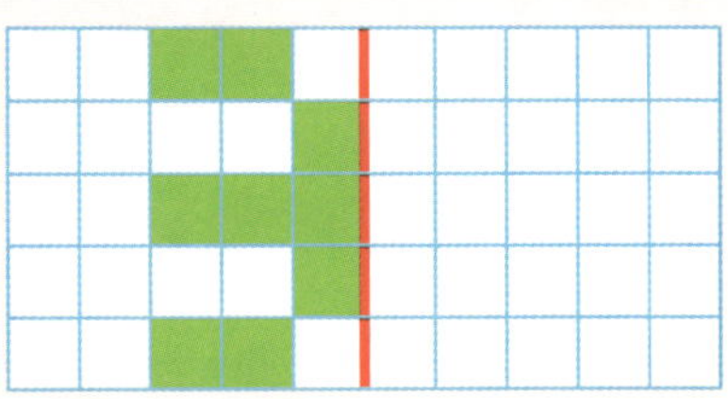

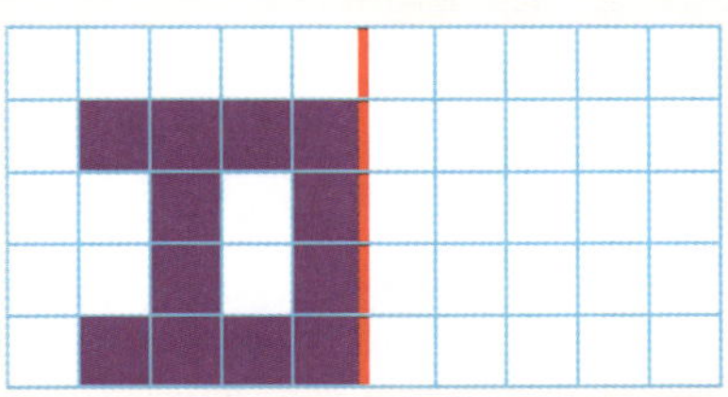

As-tu bien réussi ?

Leçon
25 Les solides

Conseils Parents

- La boule, le cylindre, le cône, le pavé droit, le cube et la pyramide sont des solides que l'enfant doit apprendre à reconnaître en CE1. Beaucoup d'objets de la vie quotidienne ont la forme de ces solides : morceaux de sucre, rouleaux de papier absorbant, fromage...

Retiens l'essentiel !

Qu'est-ce qu'un solide ?

▸ Un solide est une **figure géométrique** qui a de l'**épaisseur**, du **volume**. Pour décrire un solide, on indique son nombre de **faces**, de **sommets**, d'**arêtes**.

▸ La boule, le cylindre, le cône, le pavé droit, le cube, la pyramide sont des solides.

Le cube

Le cube a **6 faces carrées, 8 sommets** et **12 arêtes de même longueur.**

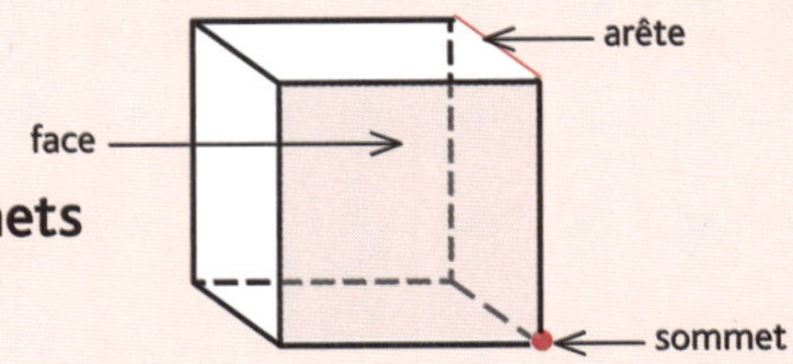

Le pavé droit

Le pavé droit a **6 faces, 8 sommets** et **12 arêtes de différentes longueurs.**

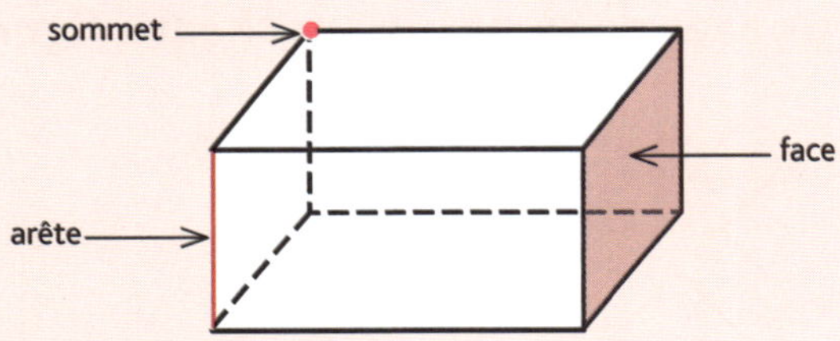

La boule

La boule a **1 face, pas d'arête** et **pas de sommet.**

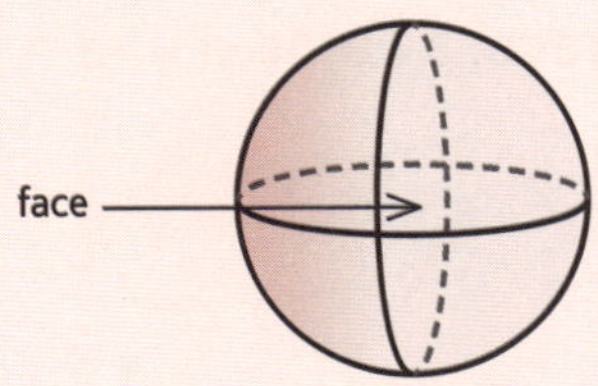

Regarde comment on fait !

Décrire un solide

Décris ce solide.

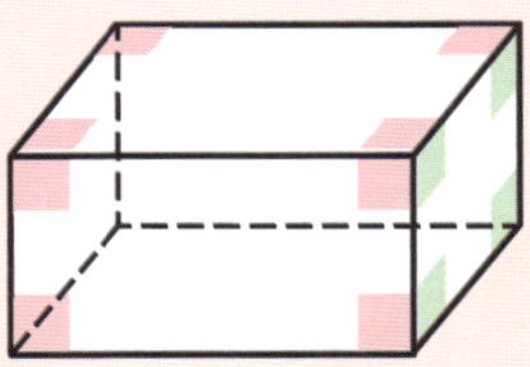

1 Pour décrire un solide, il faut indiquer :
– le **nombre de faces** ;
– la **forme des faces** ;
– le **nombre de sommets** ;
– le **nombre d'arêtes.**

2 Décris le solide.
Ce solide a 6 faces.
Ses faces sont carrées ou rectangulaires.
Il y a 12 arêtes de différentes longueurs et 8 sommets.
Il s'agit donc d'un pavé droit.

Entraîne-toi !

Corrigés → Guide Parents p. 17

1 ★ Observe ces solides et entoure les cubes.

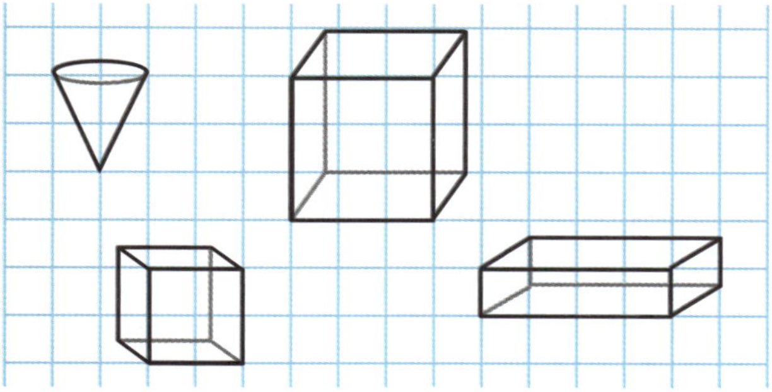

2 ★★ Observe ces solides et coche les pavés droits.

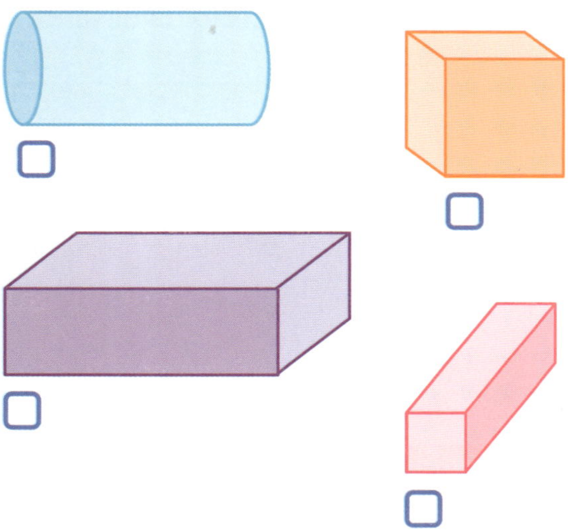

3 ★★ Observe ces figures et complète.

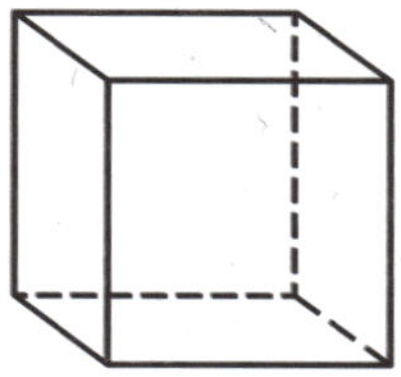

Ce cube a :

- ..5... faces.
- ...... arêtes.
- ...... sommets.

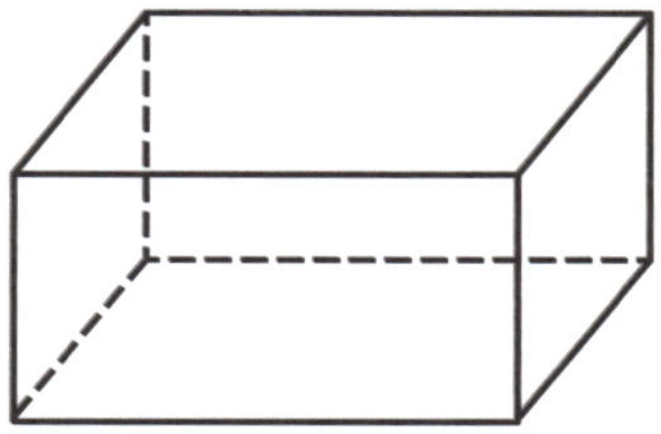

Ce pavé droit a :

- ...... faces.
- ...... arêtes.
- ...... sommets.

4 ★★★ Repasse en rouge les arêtes visibles (pas cachées).

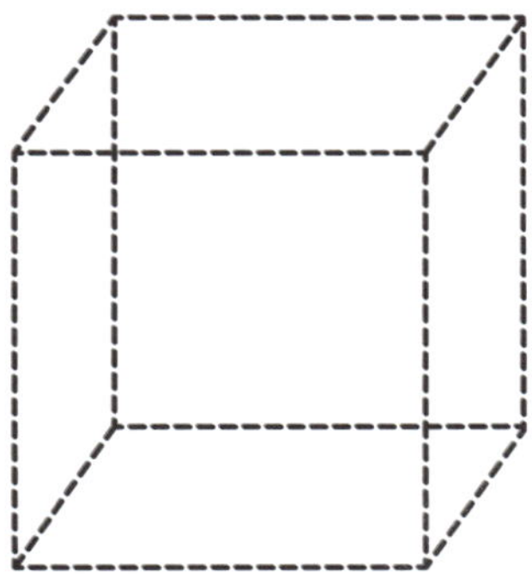

Fais le bilan

Complète cette figure pour tracer un pavé droit.

As-tu bien réussi ?

Leçon 26

Les longueurs

Conseils Parents

- Il faut habituer l'enfant aux différentes unités de mesure de façon à ce qu'il donne des unités réalistes (distances parcourues, tailles, longueurs d'animaux, etc.).
- Lorsque l'enfant utilise la règle, assurez-vous qu'il place le 0 au bon endroit.

Retiens l'essentiel !

Les unités de mesure de longueur

▸ L'**unité de mesure** de longueur est le **mètre** que l'on écrit **m**.
Il existe d'autres unités :
– le **centimètre** qui s'écrit **cm. 1 m = 100 cm.**
– le **décimètre** qui s'écrit **dm. 1 m = 10 dm = 100 cm.**
– le **kilomètre** qui s'écrit **km. 1 km = 1 000 m.**

J'utilise…	pour exprimer…
le centimètre	la longueur d'un livre, la taille d'un bébé
le décimètre	la longueur d'un ruban ou d'un segment
le mètre	la longueur d'un terrain de football, la taille d'une girafe, la hauteur de la tour Eiffel
le kilomètre	la distance entre Paris et Bordeaux, la distance entre la France et l'Inde

▸ Pour mesurer, on peut utiliser différents outils comme un **mètre ruban** ou une **règle graduée**.

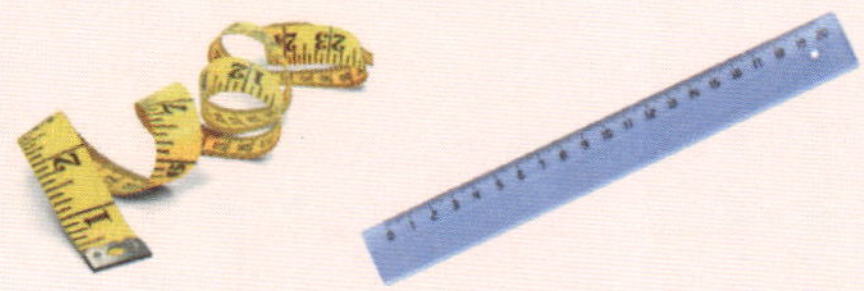

Regarde comment on fait !

Mesurer un segment

Mesure ce segment.

A B

❶ Pour mesurer un segment, il faut utiliser une **règle graduée** en plaçant le **0** de la règle au début du segment.

❷ Lis ensuite la longueur du segment sur la règle en regardant la **2e extrémité du segment**. Observe bien l'**unité de mesure**, ici les centimètres.

Ici, le segment AB mesure 4 cm (centimètres).

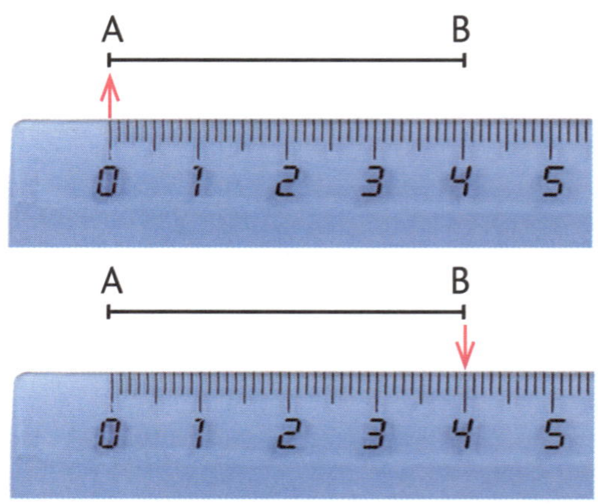

Entraîne-toi !

Corrigés → Guide Parents p. 17

1 ★ Complète ces phrases avec la bonne unité : cm, dm, m, km.

a) L'école de Marco est située à 300 ...... de chez lui.

b) En ville, il faut rouler à 50 ...... / h.

c) À sa naissance, mon petit frère mesurait 51 ....

d) Ce segment mesure 2 ....

2 ★ Coche les instruments qui te permettront de mesurer la longueur.

 ☐

 ☐

☐

 ☐

3 ★★ Mesure ces segments.

A ———————— B

AB mesure .... cm

C ———————————— D

CD mesure .... cm

E ———— F

EF mesure .... cm

4 ★★★ Complète ces égalités comme dans l'exemple.

Ex. : 173 cm = 1 m 7 dm 3 cm

a) 200 cm = ... m .... dm .... cm

b) 310 cm = ... m .... dm .... cm

c) 408 cm = ... m .... dm .... cm

d) 155 cm = ... m .... dm .... cm

5 ★★★ Trace les segments suivants.

AB = 2 cm | CD = 3 cm | EF = 5 cm

Fais le bilan

Un lapin a parcouru le trajet suivant pour atteindre une carotte. Quelle distance a-t-il parcourue ?

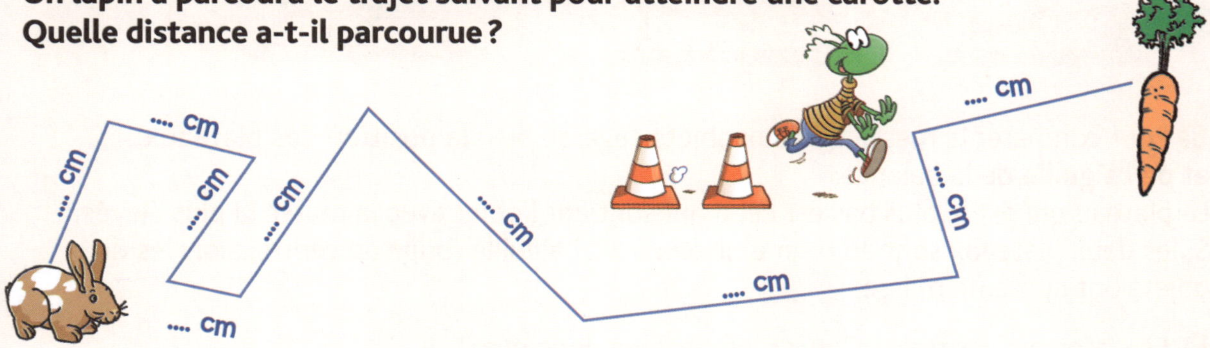

.... cm + ... cm + ... cm + ... cm + ... cm + ... cm + ... cm + ... cm + ... cm = ... cm

Il a parcouru : .... cm ou .... dm et .... cm

As-tu bien réussi ?

Leçon
27
Les masses

Conseils Parents

- On peut profiter de situations de la vie quotidienne pour calculer ou comparer des masses. Cuisiner peut être une bonne occasion.
- On insistera sur la différence entre masse et volume.

Retiens l'essentiel !

Les unités de mesure des masses

▸ Pour exprimer des masses, on utilise comme unités de mesure **le gramme** (g) et **le kilogramme** (kg).
1 kg = 1000 g

▸ Pour mesurer des masses, on utilise une **balance**.
Il existe différents types de balance.

Regarde comment on fait !

Comparer la masse de deux objets à l'aide d'une balance

Observe ces balances et indique :
– quelle boîte est plus lourde que la bouteille ;
– quelle boîte a la même masse que la bouteille ;
– quelle boîte est plus légère que la bouteille.

Observe bien la position des deux plateaux de la balance !

❶ Pour comparer la masse de deux objets, regarde bien la **position des plateaux et de l'aiguille** de la balance.
Le plateau qui est le plus bas est celui qui contient l'objet avec la masse la plus élevée.
Si les deux plateaux sont au même niveau avec l'aiguille rouge au centre, alors les deux objets ont la même masse.

❷ En observant les trois balances, on observe donc que :
– la boîte B est plus lourde que la bouteille ;
– la boîte C et la bouteille ont la même masse ;
– la boîte A est plus légère que la bouteille.

Entraîne-toi !

Corrigés → Guide Parents p. 17

1 ★ Relie chaque animal à une masse qui convient.

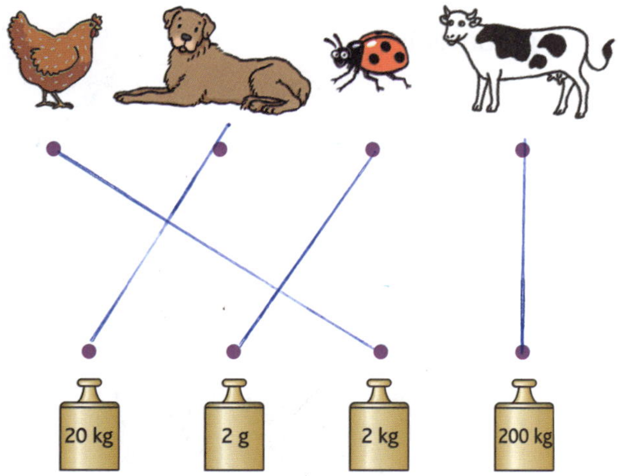

2 ★ Coche les instruments de mesure de masse.

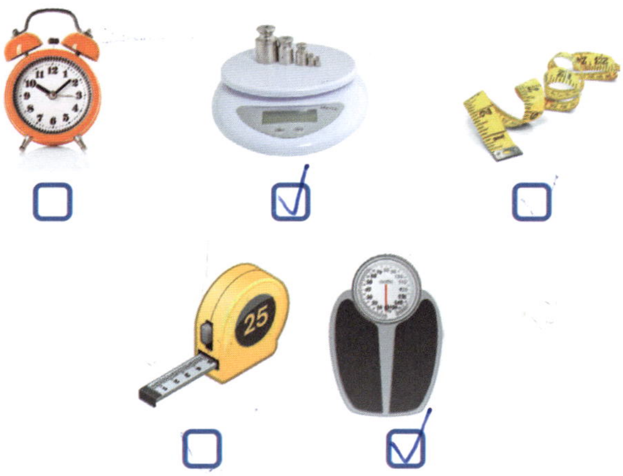

3 ★★ Dessine sur le plateau vide de chaque balance les perles nécessaires.

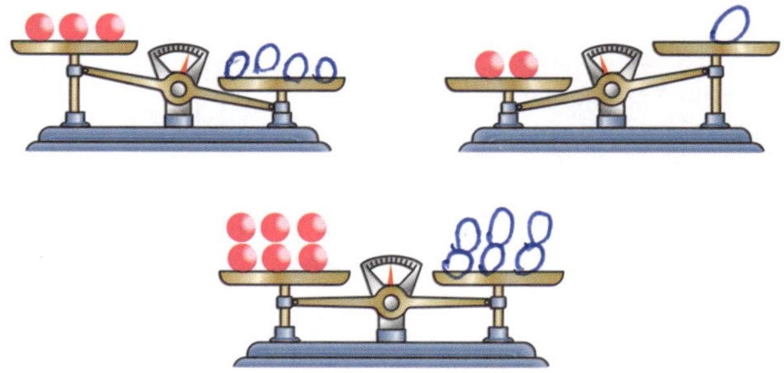

4 ★★★ Complète ces égalités.

a) 2000 g = 2 kg

b) 4 kg = 4000 g

c) 1 kg = 1000 g

d) 6000 g = 6 kg

5 ★★★ Indique la masse de chaque objet.

a)

50 g

b)

150 g

c)

20 g

A+

Fais le bilan

Observe la première balance et indique la masse du sac de pommes de terre.

La masse du sac de pommes de terre est de : 1 kg.

As-tu bien réussi ?

Maths

Leçon 28

Les contenances

Conseils Parents

- C'est en manipulant que l'enfant comprendra le mieux la notion de contenance. Faites-lui calculer, par exemple, le nombre de verres que contient une bouteille d'un litre.
- Faire un gâteau avec l'enfant est un moyen agréable et ludique d'aborder cette notion.

Retiens l'essentiel !

- Mesurer la **contenance** d'un récipient c'est mesurer la quantité de liquide qu'il peut contenir.
- Le **litre** (L) est l'unité principale de mesure des contenances. La moitié d'un litre s'appelle un demi-litre. Il faut 2 demi-litres pour obtenir 1 litre.
- Pour mesurer la contenance, on utilise par exemple le verre doseur pour la cuisine ou la jauge pour le réservoir d'essence d'une voiture.

Regarde comment on fait !

Calculer une quantité

Résous ce problème :

Pour faire une recette de jus de fruits, Antony doit mélanger :
– 1 demi-litre de jus d'orange ;
– 1 demi-litre de jus de fraise ;
– 1 demi-litre de jus de pomme ;
– 1 demi-litre de jus de poire.

Quelle quantité de jus de fruits va-t-il obtenir ?

Un demi-litre, c'est la moitié d'un litre.

1. **Dans 1 litre, il y a 2 demi-litres.**
   1 demi-litre de jus d'orange + 1 demi-litre de jus de fraise font 1 litre.
   1 demi-litre de jus de pomme et 1 demi-litre de jus de poire font 1 litre.
2. **Écris l'opération :**
   1 L + 1 L = 2 L
3. **Écris la phrase réponse :**
   Antony va obtenir 2 litres de jus de fruits.

Entraîne-toi !

Corrigés → Guide Parents p. 17

1 ★ Entoure les ingrédients dont on mesure la quantité en litre.

du sel | de l'eau | du lait | du sucre | du beurre | du riz | du sirop

2 ★ Complète avec la bonne unité : L ou kg.

a) 1 .... de pommes

b) 1 .... de jus de pomme

c) 1 .... de sirop de menthe

d) 1 .... de menthe fraîche

3 ★★ Colorie les bouteilles conformément à la contenance indiquée.

a) 1 litre

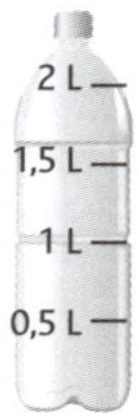

b) 1 demi-litre

c) 2 litres

d) 1 litre et demi

4 ★★ Numérote ces objets de 1 à 5 : de celui qui a la plus petite contenance à celui qui a la plus grande contenance.

a) casserole : n°...

b) théière : n°...

c) cuillère : n°...

d) verre : n°...

e) bol : n°...

5 ★★★ Écris sous chaque dessin la quantité de liquide qui peut lui correspondre : 1 L, 5 L, 20 L ou 200 L.

a) ....

b) ....

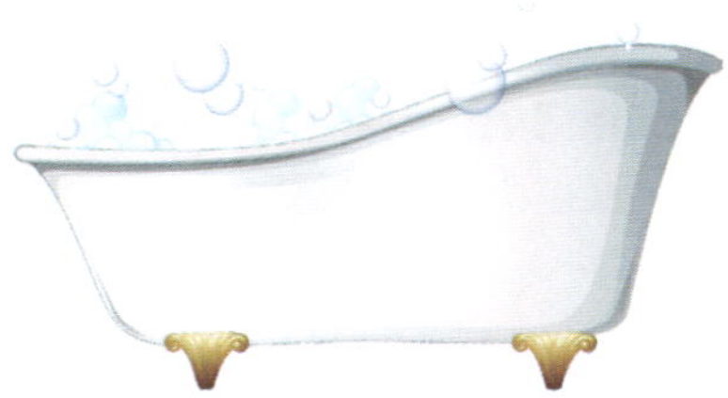

c) ....

d) ....

Fais le bilan

Pour partir en vacances, les parents d'Angela doivent faire le plein d'essence. La jauge indique 15 L et le réservoir plein peut contenir 60 L. Combien d'essence doivent-ils ajouter ?

Ils doivent ajouter .... L d'essence.

As-tu bien réussi ?

Maths

Leçon 29

La monnaie et le prix

Retiens l'essentiel !

Conseils Parents

- Il est important de familiariser l'enfant avec l'utilisation de la monnaie en lui apprenant à repérer la valeur des pièces et des billets et en l'habituant à vérifier ou calculer le rendu de la monnaie.

La monnaie utilisée

La monnaie que nous utilisons est l'**euro** qui s'écrit : **€**.
1 € = 100 centimes

Des pièces et des billets

Nous avons des **pièces** et des **billets**.

Regarde comment on fait !

Utiliser les centimes d'euros

Dessine 1 € 60 c de 3 manières différentes sans utiliser de pièce de 1 €.

Souviens-toi :
1 euro = 100 centimes !

1 Tu dois uniquement utiliser des **centimes d'euros**. Reporte-toi à la leçon pour voir ce qu'il existe comme pièces des centimes.
Il existe des pièces de 1, 2 et 5 centimes et des pièces de 10, 20 et 50 centimes.

2 Rappelle-toi : 1 € = 100 c donc 1 € 60 c = 100 c + 60 c = 160 c.
Tu dois écrire 160 centimes de 3 façons différentes. Par exemple :

Entraîne-toi !

Corrigés → Guide Parents p. 18

1 ★ **Complète les égalités comme dans l'exemple.**

Ex. : 50 c + 50 c + 50 c = 150 c = 1 € 50 c

a) 50 c + 20 c + 20 c + 20 c + 20 c = ... c

= .... € c

b) 50 c + 50 c + 20 c + 10 c + 5 c = ... c

= .... € c

c) 50 c + 50 c + 10 c + 5 c + 2 c = ... c

= .... € c

2 ★★ **Voici ce que contiennent les porte-monnaie de Valentin et Zoé. Indique combien possède chacun.**

Valentin

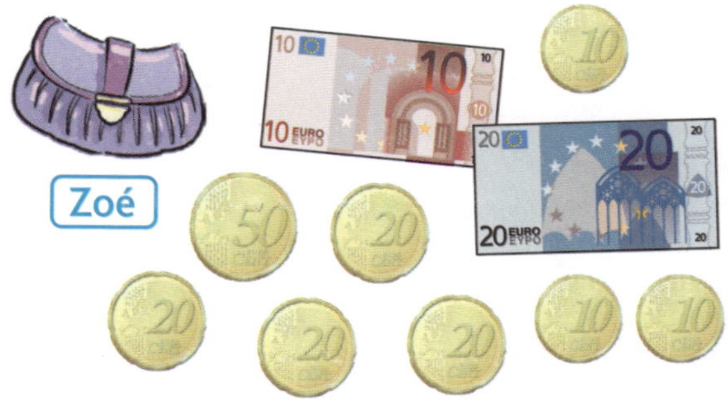

Zoé

3 ★★★ **Observe puis écris la somme que le vendeur rend à Manu.**

		.... €
		.... €
		.... €

Fais le bilan

Dessine les billets et les pièces nécessaires pour acheter chacun de ces objets.

As-tu bien réussi ?

Maths

Leçon
30
L'heure et la durée

Retiens l'essentiel !

Conseils Parents

• Il est important d'entraîner l'enfant à lire l'heure sur une horloge avec aiguilles. On peut commencer par l'heure juste, le quart d'heure ou la demi-heure.

Le fonctionnement d'une horloge

▸ Sur une horloge, il y a **deux aiguilles** : une grande et une petite.
– La **petite aiguille** indique **les heures**.
– La **grande aiguille** indique **les minutes**.

▸ Quand la grande aiguille est sur le 6, elle indique **30 minutes** : on dit qu'il est **« et demie »**.

Il est 8 h 30
ou 20 h 30.

▸ Quand la grande aiguille est sur le 12, il est l'heure juste ou « **pile** ».

▸ L'aiguille des heures fait le tour du cadran en **12 heures**.
L'aiguille des minutes fait le tour du cadran en **60 minutes**, c'est-à-dire en 1 heure car **1 h = 60 min.**

Il est 3 h
ou 15 h.

▸ Pour donner l'heure de l'après-midi, il suffit d'**ajouter 12 h** à l'heure du matin.
Ex. : 5 h le matin/17 h l'après-midi
8 h le matin/20 h l'après-midi

Regarde comment on fait !

Lire l'heure

Indique l'heure sur cette pendule si on est le matin et si on est l'après-midi.

❶ Observe la **petite aiguille** qui indique les **heures** et la **grande aiguille** qui indique les **minutes**.
La petite aiguille est sur le 9.
La grande aiguille est sur le 3 qui indique 15 minutes ou « le quart ».
Il est donc 9 h 15. On dit aussi 9 heures et quart du matin.

❷ Pour donner l'équivalent de l'heure l'après-midi, on ajoute 12 heures.
9 + 12 = 21. L'après-midi, il sera donc 21 h 15.

Entraîne-toi !

Corrigés → Guide Parents p. 18

1 ★ **Complète avec le nombre d'heures ou de jours correspondant.**

a) 24 h = ... jour b) .... h = 3 jours

c) 48 h = ... jours d) .... h = 5 jours

2 ★★ **Complète les phrases avec : heures ou minutes.**

a) Une récréation dure 20 ....

b) Cette nuit, j'ai dormi 10 ....

c) Le vol New York-Paris dure 9 ....

d) Le film que nous avons vu durait

1 .... 50 ....

3 ★★ **Sur chaque réveil, dessine la petite aiguille pour indiquer l'heure.**

8 heures du matin	4 heures de l'après-midi	8 heures du soir

4 ★★ **Écris sous chaque pendule l'heure indiquée le matin et l'après-midi.**

Matin	Matin	Matin
....	....	....
Après-midi	**Après-midi**	**Après-midi**
....	....	....

5 ★★★ **Dessine les aiguilles correspondant aux heures indiquées.**

19 h	14 h 30	21 h

Fais le bilan

Indique l'heure qui s'affiche sur chaque pendule le matin et l'après-midi. De combien de minutes avance la grande aiguille entre chaque pendule ?

Matin :	Matin :	Matin :	Matin :	Matin :
....	....	....	....	....
Après-midi :	Après-midi :	Après-midi :	Après-midi :	Après-midi :
....	....	....	....	....

La grande aiguille avance de .... minutes entre chaque pendule.

As-tu bien réussi ?

Maths

Histoire/EMC

Histoire

Enseignement moral et civique

Leçon 1

Le temps qui passe

Conseils Parents

- Les jeunes enfants ont parfois encore du mal à se situer dans le temps. Demandez régulièrement à l'enfant ce qu'il a fait dans la journée (« À quelle heure ? ») ou dans la semaine (« Quel jour ? »).
- Pour aider l'enfant à se situer dans le temps, regardez régulièrement un calendrier avec lui pour préciser les jours, les semaines et les mois. Parlez aussi des saisons ensemble et des différentes activités selon les saisons.

Retiens l'essentiel !

Une semaine

▸ Dans une **semaine**, il y a **7 jours** :

lundi mardi mercredi jeudi

vendredi samedi dimanche

Une année

▸ Une année dure **365 jours** ou **12 mois.**

▸ Dans une année, il y a **4 saisons** : l'hiver, le printemps, l'été et l'automne.

▸ Pour se repérer dans l'année, on utilise un **calendrier.**

Regarde comment on fait !

Combien y a-t-il de jours dans un mois ?

Les mois de l'année ont tous **30** ou **31 jours.** Seul le mois de février fait exception avec 28 ou 29 jours.

1 Pour connaître le nombre de jour dans un mois, tu fermes tes poings puis tu commences sur la première bosse.

2 Lorsque tu es sur une bosse, le mois a 31 jours et, lorsque tu es dans un creux, le mois a 30 jours.

Entraîne-toi !

Corrigés → Guide Parents p. 18

1 ★ Complète les phrases avec les nombres suivants :

30 29 7 31

12 365 28

a) Dans une semaine, il y a ………… jours.

b) Dans une année, il y a ………… mois

ou ………… jours.

c) Les mois de l'année ont …………

ou ………… jours pour la plupart.

d) Le mois de février a ………… ou ………… jours.

2 ★★ Complète le tableau ci-dessous en écrivant les mois qui manquent.

~~mars~~ ~~juin~~ ~~septembre~~

~~novembre~~ ~~mai~~ ~~février~~ ~~août~~

janvier	février	mars	avril	mai	juin
juillet	août	septembre	octobre	novembre	décembre

3 ★★★ Observe ce calendrier et réponds aux questions.

Septembre

Lun	Mar	Mer	Jeu	Ven	Sam	Dim
1	2	3	4	5	6	7
8	9	10	11	12	13	14
	16	17	18	19	20	21
22	23	24	25	26	27	28
29	30					

Octobre

Lun	Mar	Mer	Jeu	Ven	Sam	Dim
		1	2	3	4	5
6	7	8	9	10	11	12
13	14	15	16	17	18	19
20	21	22	23	24	25	26
27	28	29	30	31		

Novembre

Lun	Mar	Mer	Jeu	Ven	Sam	Dim
					1	2
3	4	5	6	7	8	9
10	11	12	13	14	15	16
17	18	19	20	21	22	23
24	25	26	27	28	29	30

a) Combien y a-t-il de jours en octobre ?

……………………………………………………

b) Quel jour sommes-nous le 5 septembre ?

……………………………………………………

c) Combien y a-t-il de dimanches en novembre ?

……………………………………………………

d) Entoure le jour de l'automne en orange.

Fais le bilan

Vrai ou faux ? Coche la bonne réponse.

	Vrai	Faux
a) Le mois d'avril a 31 jours.	☐	☐
b) Le mois de janvier est en hiver.	☐	☐
c) Le mois de février a 28 ou 29 jours.	☐	☐
d) Le mois de juillet est au printemps.	☐	☐
e) Il y a 30 jours dans une année.	☐	☐

As-tu bien réussi ?

Leçon 2

La frise chronologique

Conseils Parents

- La notion de temps est complexe et longue à acquérir chez l'enfant. Pour faire comprendre à l'enfant cette notion, montrez-lui par exemple des photos de famille et demandez-lui de les placer dans l'ordre chronologique.
- Relevez ensuite ensemble l'évolution des vêtements, des outils, de l'habitat ou de tout autre indice figurant sur les photos.

Retiens l'essentiel !

La frise chronologique

- **La frise chronologique** permet de se **repérer dans le temps** et de **situer des événements.**
- Elle se lit de la gauche vers la droite. Elle se termine par une **flèche** pour montrer que le temps continue.
- Voici un exemple de frise chronologique : celle de l'arrière-grand-mère de Jade.

1928 Naissance

1936 École élémentaire

1947 Mariage

1950 Elle est maman de deux enfants.

1984 Elle est grand-mère.

2008 Elle devient arrière-grand-mère.

Regarde comment on fait !

Construire une frise chronologique

Les historiens placent les **événements importants** de la vie des Français sur une frise chronologique. Pour se repérer plus facilement, ils découpent la frise en **4 périodes** : *Antiquité, Moyen Âge, Temps modernes* et *Époque contemporaine*.

Voici quelques personnages historiques situés sur une frise chronologique :

ANTIQUITÉ

Vercingétorix

Il défendit la Gaule contre les Romains.

MOYEN ÂGE

Charlemagne

Il favorisa les arts et l'instruction.

TEMPS MODERNES

Louis XIV

Le Roi-Soleil fit construire le château de Versailles.

ÉPOQUE CONTEMPORAINE

Charles de Gaulle

Il fut président de la République française.

Entraîne-toi !

Corrigés → Guide Parents p. 19

1 ★ Sur cette frise chronologique, colorie en rouge l'année dans laquelle nous sommes, et colorie en bleu l'année de ta naissance.

2008	2009	2010	2011	2012	2013	2014	2015	2016	2017	2018	2019	2020	2021	2022

2 ★★ Relie les photos aux bonnes cases sur la frise.

1930	1940	1950	1960	1970	1980	1990	2000	2010

2005
Il devient grand-père.

1960
Mariage

1935
Naissance

1970
Il devient papa.

3 ★★ Entoure la période historique dans laquelle nous vivons actuellement. Écris le nom de la période qui manque.

ANTIQUITÉ .... TEMPS MODERNES — ÉPOQUE CONTEMPORAINE

Fais le bilan

Vrai ou faux ? Coche la bonne réponse.

	Vrai	Faux
a) La frise chronologique est un ruban où l'on classe les événements du plus récent au plus ancien.	☐	☐
b) La frise chronologique se termine par une flèche.	☐	☐
c) Les historiens placent les événements importants sur la frise chronologique.	☐	☐

As-tu bien réussi ?

Leçon 3

L'école d'hier et d'aujourd'hui

Conseils Parents

- Cette leçon a pour objectif d'aborder l'Histoire sous le biais de la vie quotidienne. La vie quotidienne d'autrefois est traitée à travers un aspect touchant de près l'enfant : l'école.
- Observez les photos avec l'enfant et relevez les différences mais aussi les ressemblances entre hier et aujourd'hui.

Retiens l'essentiel !

La vie en classe vers 1900

- Les élèves viennent tous avec une **blouse** par-dessus leurs vêtements.
- Les garçons et les filles vont dans des écoles différentes.
- Les écoliers écrivent sur leur cahier au crayon à papier ou à la **plume** qu'il faut tremper dans l'encre.
- Les élèves ont des bureaux en bois inclinés : des **pupitres**, avec un trou pour mettre **l'encrier**.

Punitions et récompenses

- Les élèves doivent travailler en silence et apprendre leurs leçons par cœur s'ils veulent obtenir des **bons points**.
- Les élèves dissipés reçoivent parfois des **coups de règle** sur les doigts. Les maîtres sont sévères.

Regarde comment on fait !

Des objets d'autrefois

Observe les objets que l'on trouvaient dans les classes d'autrefois. À quoi servaient-ils ?

un pupitre

une ardoise et ses craies

un boulier

des bons points

un cahier

une plume et un encrier

1. L'ardoise, les craies, la plume, l'encrier et le cahier servaient à écrire.
2. Le boulier permettait de compter.
3. Les enfants étaient assis derrière des pupitres. On ne pouvait pas faire bouger la chaise !

Entraîne-toi !

Corrigés → Guide Parents p. 19

1 ★ **Observe cette photo. Associe chaque mot au bon endroit sur la photo.**

le maître • une plume • une blouse • un pupitre

2 ★★ **Parmi les jeux suivants, coche ceux que les enfants de 1900 ne pouvaient pas connaître.**

- **a)** une voiture télécommandée ☐
- **b)** des billes ☐
- **c)** une corde à sauter ☐
- **d)** des jeux vidéo ☐
- **e)** une toupie ☐
- **f)** un jeu de cartes ☐

Fais le bilan

Vrai ou faux ? Coche la bonne réponse.

	Vrai	Faux
a) En 1900, les écoliers portaient des blouses.	☐	☐
b) En 1900, les garçons et les filles étaient dans la même classe.	☐	☐
c) En 1900, les écoliers écrivaient au stylo-bille.	☐	☐
d) En 1900, les bons élèves avaient des bons points.	☐	☐
e) En 1900, les écoliers trempaient leur plume dans un boulier.	☐	☐

As-tu bien réussi ?

Leçon 4

Les transports : autrefois et aujourd'hui

Conseils Parents

- Pour faire prendre conscience à l'enfant d'un « autrefois » et d'un « aujourd'hui », la leçon prend l'exemple des transports. Expliquez à l'enfant comment on se déplaçait du temps de ses grands-parents. Montrez des images de véhicules anciens et comparez-les à ceux d'aujourd'hui.
- Procédez de la même façon avec d'autres objets du quotidien.

Retiens l'essentiel !

Les transports d'autrefois et d'aujourd'hui

Les hommes ont toujours voulu se déplacer.

Avec le temps, les **moyens de transport** se sont améliorés et les hommes ont pu se déplacer de plus en plus vite et de plus en plus loin. **Autrefois**, les véhicules étaient tirés par des chevaux. Puis les premiers véhicules à moteur sont apparus. **Aujourd'hui**, on construit des voitures hybrides qui fonctionnent à l'électricité.

Regarde comment on fait !

À l'époque de tes grands-parents

Voici quelques moyens de transport qu'utilisaient tes grands-parents.

a) Le train

b) Une Caravelle

c) Une 2 CV

d) Un vélo

Entraîne-toi !

Corrigés → Guide Parents p. 19

1 ★ Parmi ces anciens moyens de transport, entoure celui qui va sur l'eau.

a) 

c) 

b) 

d) 

2 ★★ Parmi les objets suivants, coche ceux qui n'existaient pas quand tes grands-parents étaient enfants. Tu peux leur demander des informations !

a) Internet ☐
b) un stylo-bille ☐
c) un ordinateur ☐
d) une voiture ☐
e) un téléphone portable ☐
f) une brosse à dents ☐

3 ★★★ Classe ces téléphones du plus ancien au plus récent en les numérotant de 1 à 4.

a)  .....

b)  .....

c)  .....

d)  .....

Fais le bilan

Vrai ou faux ? Coche la bonne réponse.

	Vrai	Faux
a) Autrefois, les véhicules étaient tirés par des chevaux.	☐	☐
b) Aujourd'hui, on peut aller sur la Lune.	☐	☐
c) Aujourd'hui, on construit des voitures électriques.	☐	☐

As-tu bien réussi ?

Leçon 5

Être en bonne santé

Conseils Parents

- Réfléchissez avec l'enfant sur ce qu'il doit faire pour être en bonne santé : se coucher tôt, manger équilibré, faire du sport, se laver...
- Un enfant, entre 6 et 12 ans, a besoin de 9 à 10 heures de sommeil par nuit. Ce temps de sommeil permet d'assurer une bonne croissance et une bonne fixation des apprentissages.

Retiens l'essentiel !

Pour être en **bonne santé**, il est important d'avoir une bonne **hygiène de vie :**

- Il faut **se laver les mains** avec de l'eau et surtout du savon, avant chaque repas et après être allé aux toilettes.

- Il faut aussi **se laver le corps, se brosser les dents** au moins deux fois par jour et **changer de vêtements** régulièrement.

- Il est important de **dormir** 9 à 10 heures par nuit et donc de **se coucher tôt** le soir.

- Il faut **manger équilibré** et **faire du sport.**

Regarde comment on fait !

Bien se laver les mains

Pourquoi Enzo se lave-t-il souvent les mains ?

a)

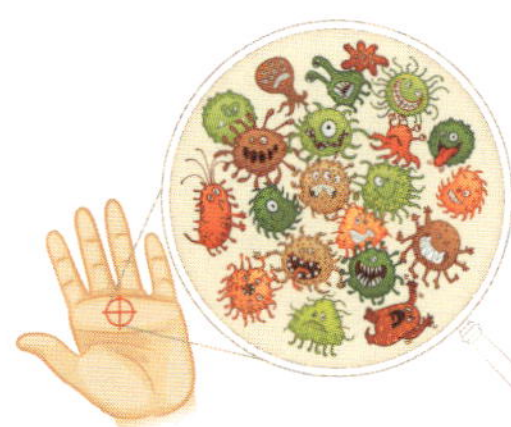

b)

c)

Après être allé aux toilettes, des microbes se sont déposés sur les mains d'Enzo. Il se lave les mains avec de l'eau et du savon pour éliminer les microbes et éviter d'attraper des maladies.

Entraîne-toi !

Corrigés → Guide Parents p. 19

1 ★ Observe ces enfants. Qui respecte les règles pour être en bonne santé ? Coche les cases correspondantes.

a) regarder un dessin animé ☐

b) faire du vélo ☐

c) avoir les mains sales ☐

d) manger déséquilibré ☐

e) manger équilibré ☐

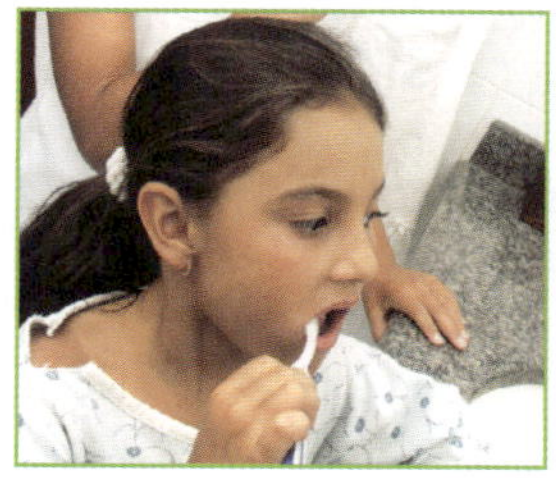

f) se brosser les dents ☐

2 ★★ Combien de dents a un adulte ? Combien de dents a un enfant ? Compte-les et complète les légendes.

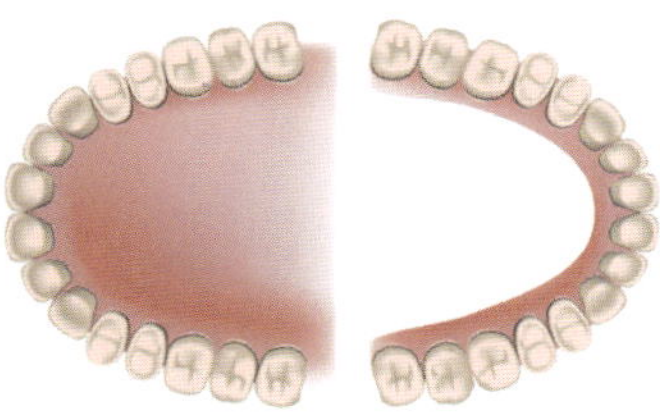

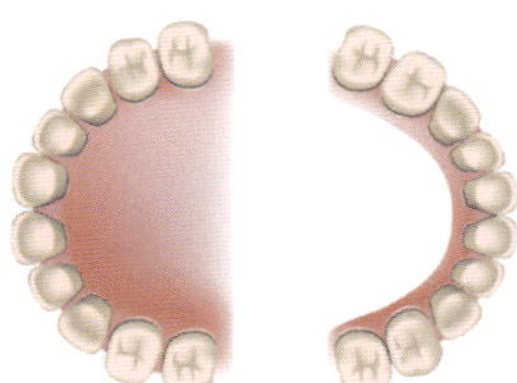

a) Un adulte a .... dents.

b) Un enfant a .... dents.

Fais le bilan

Vrai ou faux ? Coche la bonne réponse.

	Vrai	Faux
a) Les microbes sont tués par un lavage des mains à l'eau.	☐	☐
b) Il faut se brosser les dents au moins deux fois par jour.	☐	☐
c) Il faut regarder la télévison au moins deux fois par jour.	☐	☐
d) Il faut se laver les mains après être allé aux toilettes.	☐	☐
e) Il faut se laver les mains avant chaque repas.	☐	☐

As-tu bien réussi ?

Leçon 6

La sécurité

Conseils Parents

- Réfléchissez avec l'enfant à ce qu'est un danger, aux situations qui peuvent être dangereuses à la maison, pourquoi certaines choses sont interdites (jouer avec les couteaux par exemple).
- Évoquez ensuite avec lui les dangers de la rue.
- Expliquez ce qu'il faut faire lorsqu'on assiste à un accident et comment donner l'alerte.

Retiens l'essentiel !

Les dangers de la maison

- De nombreux objets sont dangereux et certains **produits** peuvent être **toxiques**.

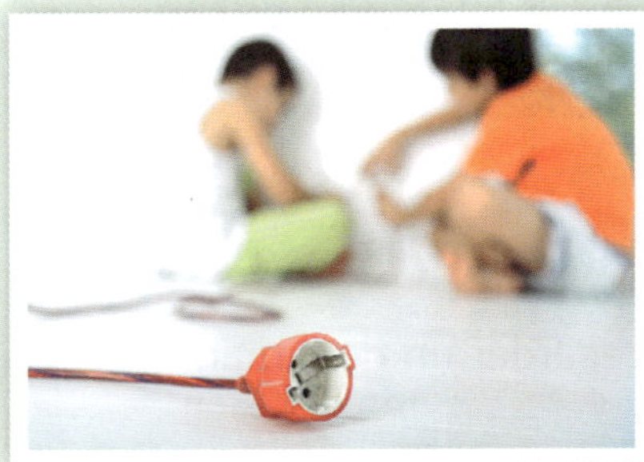

- Il faut faire attention à l'**électricité** : aux prises et aux appareils électriques.

Les dangers de la rue

- Dans la rue, il faut toujours être prudent et penser aux autres. Il faut **respecter les règles de circulation** : marcher sur le trottoir, traverser sur les passages piétons, ne pas courir derrière un ballon, bien regarder autour de soi.

Regarde comment on fait !

Donner l'alerte

En cas d'accident, à la maison ou dans la rue, il faut prévenir un adulte. Si tu n'en trouves pas, appelle les secours : le **15** pour le Samu ou le **18** pour les pompiers.

Que dire aux secours ?

1. D'abord **tu te présentes** : prénom, nom, numéro de téléphone avec lequel tu appelles.
2. Dire précisément **où tu te trouves.**
3. Décrire **ce qu'il s'est passé** et décrire l'état de la ou des victime(s).
4. Dire **ce que tu as fait.**

Ne jamais raccrocher le premier ! Attendre que les secours te le disent.

Entraîne-toi !

Corrigés → Guide Parents p. 19

1 ★ Certains produits sont dangereux et sont repérables par un symbole. Associe chaque symbole au danger correspondant.

a) Produit inflammable. • • 1) 

b) Produit très toxique. • • 2) 

c) Produit irritant pour la peau. • • 3) 

d) Produit dangereux pour l'environnement. • • 4) 

2 ★★★ Ton petit frère s'est brûlé avec la bouilloire. Que fais-tu ? Mets les phrases dans l'ordre en les numérotant de 1 à 6.

[......] a) Je décris la situation, ce qui est arrivé à mon frère.

[......] b) Je pousse la bouilloire loin de mon petit frère.

[......] c) Je demande si je peux raccrocher, j'attends que l'on me dise « oui ».

[......] d) Je suis calme, je donne mon nom, mon prénom, mon adresse précise et mon numéro de téléphone.

[......] e) Il n'y a pas d'adulte, je téléphone au « 15 ».

[......] f) Je crie pour appeler un adulte.

Fais le bilan

Vrai ou faux ? Coche la bonne réponse.

	Vrai	Faux
a) Dans la rue, je peux traverser sans regarder.	☐	☐
b) Les produits de nettoyage peuvent être toxiques.	☐	☐
c) Je peux téléphoner aux pompiers pour faire une blague.	☐	☐
d) Si je vois un autre enfant jouer avec les prises, je ne dois rien dire.	☐	☐
e) Le numéro du Samu est le 15.	☐	☐

As-tu bien réussi ?

Leçon 7

Les symboles de la France

Conseils Parents

- Demandez à l'enfant s'il connaît des symboles de la France. Cherchez avec lui où on peut les voir : à la mairie, à l'école, sur les places, etc.
- Faites-lui écouter *La Marseillaise* et chantez-la ensemble avec les paroles ci-dessous.

Retiens l'essentiel !

La France est une République.
Elle a un président élu pour cinq ans.

Les **symboles de la République** sont :

- le **drapeau**, que l'on trouve sur les façades de lieux publics ;
- la **devise** : *Liberté, Égalité, Fraternité* ;

- **Marianne**, dont on trouve le buste dans les mairies ou sur les timbres ;

- la fête nationale : **le 14 Juillet** ;
- l'**hymne national** : *La Marseillaise*.

Regarde comment on fait !

Connaître *La Marseillaise*

***La Marseillaise* a été composée par Rouget de Lisle pendant la Révolution.**

Allons enfants de la Patrie,
Le jour de gloire est arrivé !
Contre nous de la tyrannie,
L'étendard sanglant est levé,
Entendez-vous dans les campagnes
Mugir ces féroces soldats ?
Ils viennent jusque dans vos bras
Égorger vos fils, vos compagnes !
Aux armes, citoyens,
Formez vos bataillons,
Marchons, marchons !
Qu'un sang impur
Abreuve nos sillons !

Entraîne-toi !

Corrigés → Guide Parents p. 19

1 ★ **Colorie le drapeau français. Attention à l'ordre des couleurs.**

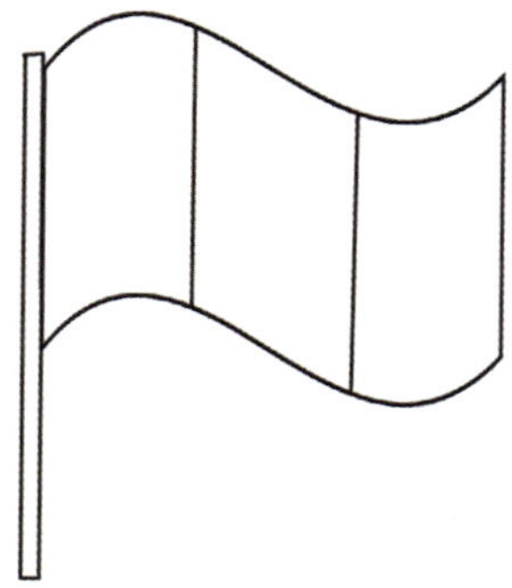

2 ★★ **Associe chaque mot de la devise nationale à sa définition.**

a) Liberté •
b) Égalité •
c) Fraternité •

• 1) Tout le monde a le droit de faire la même chose.
• 2) Les Français doivent s'entraider.
• 3) Les Français peuvent dire, penser et faire ce qu'ils veulent. On ne met pas en prison les gens sans raison.

3 ★★ **Connais-tu ces autres symboles français ? Légende-les.**

a) ....

b) ....

c) ....

Fais le bilan

Vrai ou faux ? Coche la bonne réponse.

	Vrai	Faux
a) La France est une République.	☐	☐
b) Le drapeau français est bleu, blanc, vert.	☐	☐
c) La devise de la France, c'est : *Liberté*, *Égalité*, *Fraternité*.	☐	☐
d) Un hymne peut être chanté.	☐	☐
e) *La Marseillaise* est une femme qu'on voit sur les timbres.	☐	☐

As-tu bien réussi ?

Géographie

Leçon 1

Mon lieu de vie

Conseils Parents

- Cette leçon permet à l'enfant de comprendre comment on représente l'espace à l'aide d'un plan.
- À l'échelle du lieu d'habitation, il est possible de faire schématiser à l'enfant le plan de sa chambre par exemple, en notant l'emplacement de chaque meuble.
- À l'échelle du quartier, lors d'une promenade, demandez à l'enfant de décrire ce qu'il voit (boulangerie, pharmacie, école, parc...) et faites-lui décrire les éléments les uns par rapport aux autres. Ensuite, à partir du plan du quartier, faites-lui retracer le trajet et replacer les lieux importants.

Retiens l'essentiel !

Les photos aériennes

▶ Une **photographie aérienne** est une photographie prise du ciel. Elle permet de voir le tracé des rues, de repérer les principaux bâtiments, les jardins, les rivières ou les plans d'eau.

▶ La photo aérienne permet ensuite de dessiner le **plan d'un quartier**, à plat.

Photo aérienne de la place du Capitole à Toulouse.

Les images satellites

Aujourd'hui, les plans sont créés sur ordinateur, à partir d'**images satellites**, prises depuis l'espace.

Un satellite dans l'espace prend des photos de la Terre.

Regarde comment on fait !

Représenter un lieu par un plan

1 À partir d'une photographie aérienne ou d'une photo satellite, on peut réaliser un plan. Sur le plan sont indiqués le tracé des rues et la forme des bâtiments. Afin de se repérer facilement, on écrit le nom des rues et des places.

2 Observe le plan : on voit bien la place du Capitole. Le point rouge indique d'où a été prise la photo.

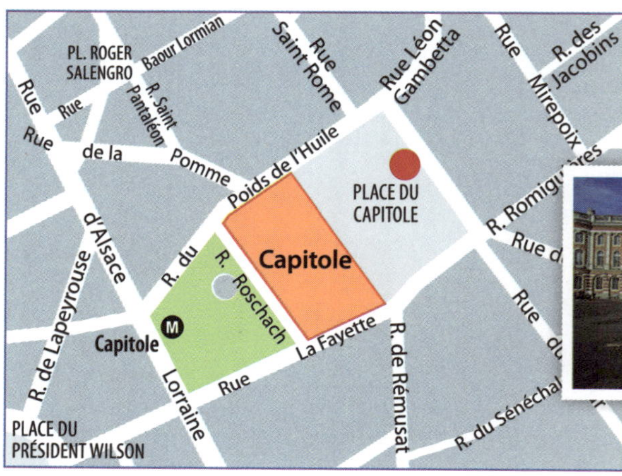

Entraîne-toi !

Corrigés → Guide Parents p. 20

1 ★ **Observe le plan ❶ et réponds aux questions.**

a) Entoure l'école en rouge.

b) Paul habite une maison face à la rivière et près d'un grand immeuble. Entoure-la en bleu.

c) Trace le trajet de Paul pour se rendre à l'école depuis chez lui.

d) Trace le trajet de Paul pour se rendre au cinéma depuis l'école.

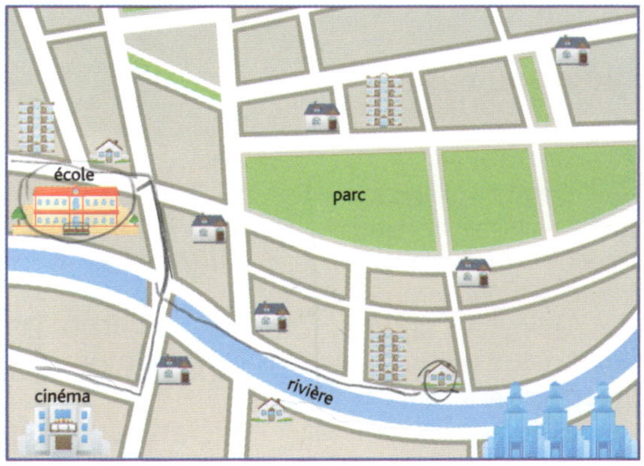

❶

2 ★★ **Complète le plan ❷ en écrivant le nom des rues qui manquent. Voici des indices :**

a) La rue du Théâtre croise la place et la rue du château.

b) La rue de la Prairie est située entre le stade et le jardin public.

c) La place des Arcades est située devant l'Église.

d) La rue du Parc passe devant la Mairie.

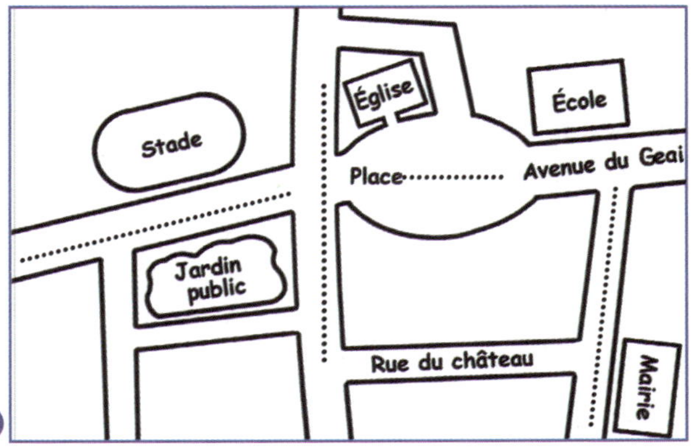

❷

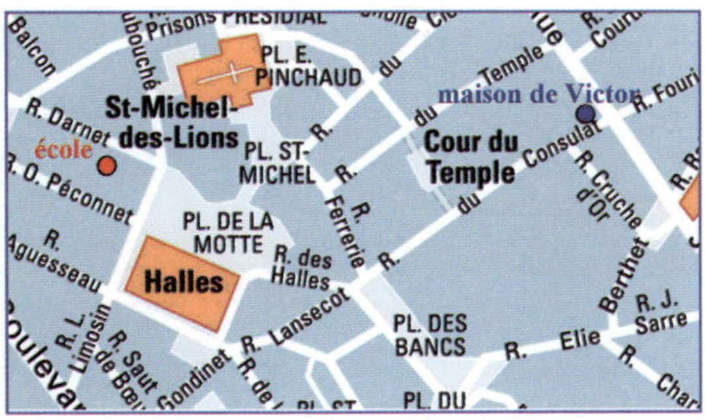

❸

3 ★★★ **Observe le plan ❸ (ville de Limoges). Par quelle place Victor passe-t-il pour aller à l'école sachant qu'il passe par la rue des Halles ?**

....

Fais le bilan

Vrai ou faux ? Coche la bonne réponse.

	Vrai	Faux
a) Une photo aérienne est prise depuis le sol.	☐	☒
b) Une photo satellite est prise depuis l'espace.	☒	☐
c) On peut représenter les rivières et les jardins sur un plan.	☒	☐
d) On peut représenter les nuages sur un plan.	☐	☒
e) Pour se repérer sur un plan, on écrit le nom des rues.	☒	☐

As-tu bien réussi ?

Géographie

Leçon 2

Vivre à la campagne

Conseils Parents

- Parlez avec l'enfant des différentes activités et des différents métiers qui existent à la campagne : agriculteur, vigneron, éleveur, apiculteur… Il est important qu'il enrichisse son vocabulaire avec des mots précis.
- Cherchez ensemble des images de villages, de campagne. Demandez à l'enfant en quoi la vie à la campagne est différente par rapport à la vie en ville.

Retiens l'essentiel !

Comment vit-on à la campagne ?

▸ À la campagne, **les paysages sont très variés** : champs, forêts, vignes…

▸ À la campagne, les gens habitent des **villages**. Ils habitent soit dans une maison avec un jardin, soit dans une ferme s'ils sont agriculteurs.

▸ Dans un village, **les habitants sont peu nombreux**. Pour se déplacer, aller travailler ou faire les courses, il faut prendre la voiture.

Que trouve-t-on dans un village ?

▸ Dans un village, les maisons sont souvent regroupées autour de **l'église**. On trouve aussi une **mairie**.

▸ Dans un village, **il y a peu de commerces** : on trouve une boulangerie, une pharmacie… Parfois, il n'y a pas d'école ou de médecin : il faut se rendre dans un autre village ou en ville.

Un village (Alsace).

Regarde comment on fait !

Se déplacer à la campagne

Trace le trajet que doit faire Mathilde pour aller à l'école.

Mathilde habite à Laboutarie. Elle y prend le bus pour se rendre à son école, qui se trouve à Saint-Julien-du-Puy.

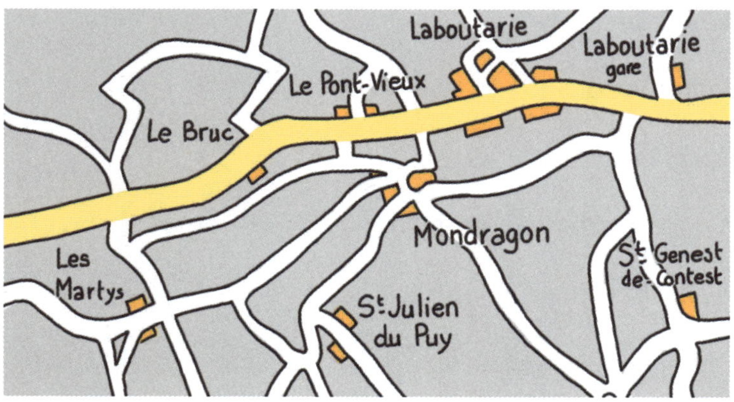

Entraîne-toi !

Corrigés → Guide Parents p. 20

1 ★ Associe les activités pratiquées à la campagne aux paysages correspondants.

a) La moisson •

b) Les vendanges •

c) La cueillette •

• 1) Des vignes

• 2) Un verger

• 3) Un champ de blé

2 ★★ Coche les activités que tu peux faire à la campagne.

- a) Je peux aller au centre commercial. ☐
- b) Je peux me promener dans les prés. ☐
- c) Je peux voir des animaux de la ferme. ☐
- d) Je peux prendre le tramway. ☐
- e) Je peux ramasser des champignons. ☐
- f) Je peux aller dans un grand cinéma. ☐

3 ★★★ Que trouve-t-on dans un village à la campagne ? Remplis ce tableau.

une église | une mairie | une usine | le métro | une école | un hôpital | des bureaux

Dans un village à la campagne, il peut y avoir…	En ville, il peut y avoir…
………… …………	………… …………
………… …………	………… …………
………… …………	………… …………
………… …………	………… …………

Fais le bilan

Vrai ou faux ? Coche la bonne réponse.

	Vrai	Faux
a) À la campagne, les paysages sont variés.	☐	☐
b) À la campagne, il y a des forêts.	☐	☐
c) À la campagne, il y a de nombreux commerces.	☐	☐

As-tu bien réussi ?

Leçon 3

Vivre en ville

Conseils Parents

- La géographie, c'est d'abord apprendre à regarder autour de soi. Interrogez l'enfant sur le lieu qui l'entoure pour qu'il acquière le vocabulaire adéquat : où vis-tu ? Dans une maison ou un immeuble ? Dans une ville ou dans un village ?
- Cherchez ensemble des images de villes et de villages. Demandez à l'enfant de les classer et de les comparer.

Retiens l'essentiel !

Comment vit-on en ville ?

De nos jours, la plupart des gens habitent en **ville**. En ville, on habite dans des **immeubles** et on peut utiliser des **transports en commun** pour se déplacer : métro, bus, tramway.

Que trouve-t-on dans une ville ?

- En ville, il y a de **nombreux commerces** pour **s'alimenter** ou **s'habiller**. Il y a aussi des hôpitaux, des écoles.
- Pour **se divertir**, il y a des musées, des stades, des piscines, des théâtres, des cinémas.
- En ville, c'est plus facile de **trouver un emploi** car il y a des bureaux, des usines ou des entrepôts. À proximité, il y a des autoroutes, des gares et des aéroports pour se déplacer.

Différents types d'immeubles, vue de la Défense, Paris.

Regarde comment on fait !

Décrire une ville

Observe cette photo de ville et décris-la.

1. La ville est grande et étendue. Il y a beaucoup d'immeubles : ils sont grands, nombreux et serrés les uns contre les autres.
2. Au premier plan, on peut voir un terrain de foot.
3. Il y a beaucoup de voitures.

Entraîne-toi !

Corrigés → Guide Parents p. 20

1 ★ Coche ce que tu peux trouver en ville.

☐ a) un petit immeuble

☐ b) une ferme

☐ c) un grand immeuble

☐ d) des bureaux

☐ e) une maison avec un grand jardin

☐ f) le métro

2 ★★ Coche les activités que tu peux faire en ville.

a) Je peux me faire soigner à l'hôpital. ☐
b) Je peux aller au stade. ☐
c) Je peux me promener en forêt. ☐
d) Je peux aller au cinéma. ☐
e) Je peux aller dans un centre commercial. ☐
f) Je peux faire du vélo sur des chemins. ☐

3 ★★★ Comment se déplace-t-on en ville ?

a) Classe ces moyens de transport dans le tableau.

métro

tramway

autobus

voiture

vélo

En ville, on peut se déplacer en...	À la campagne, on peut se déplacer en...
....	....
....	....
....	....
....	....
....	....

b) Où est-il plus facile de se déplacer ?

Fais le bilan

Vrai ou faux ? Coche la bonne réponse.

	Vrai	Faux
a) Peu de gens habitent en ville.	☐	☐
b) En ville, il y a des transports en commun.	☐	☐
c) En ville, il y a de nombreux commerces.	☐	☐

As-tu bien réussi ? ☹ 😐 ☺

Sciences

Leçon 1

Le cycle de vie des animaux

Conseils Parents

- Chaque animal naît et grandit, avec des transformations plus ou moins importantes de son corps. Adulte, il se reproduit. Il finit toujours par mourir.
- On parle de « cycle de vie » en considérant que les générations se succèdent selon les mêmes modalités.

Retiens l'essentiel !

La croissance des animaux

Après la **naissance**, tous les animaux **grandissent**. Leur taille et leur poids augmentent rapidement.

- Certains animaux, comme la souris, naissent nus et les poils poussent sur leur corps. Ils grandissent et grossissent jusqu'à l'âge adulte.
- D'autres animaux se transforment complètement pour devenir des adultes. Par exemple, la chenille devient papillon.

De l'âge adulte jusqu'à la mort

- Quand les animaux sont adultes, ils arrêtent de grandir.
- Ils peuvent **se reproduire** et avoir des petits.
- Les mammifères et les oiseaux protègent et nourrissent leurs petits.
- Les animaux vieillissent. Leur corps devient moins fort et résistant. Un jour, ils meurent.

Regarde comment on fait !

Qu'est-ce que la métamorphose ?

Associe les photos et les légendes.

Lors de la métamorphose, le corps de la chenille se transforme complètement. Il devient celui d'un papillon.

1. La chenille sort de l'œuf. Elle mange et elle grandit : a, b.
2. Puis elle forme une chrysalide. Elle se métamorphose : c, d.
3. Le papillon sort de la chrysalide. Il va se reproduire : e, f.

Entraîne-toi !

Corrigés → Guide Parents p. 20

1 ★ Réponds aux questions suivantes avec les mots : nu, petit, papillon, chrysalide.

a) Quelles sont les différences physiques entre le bébé souris et l'adulte ?

Il est plus .... que l'adulte. Son corps est .... alors que celui de l'adulte est couvert de poils.

b) Comment la chenille se transforme-t-elle en papillon ?

La chenille se transforme en ....

Son corps se transforme en ....

2 ★★ Associe chaque dessin à son stade de développement sur la frise chronologique.

a)  b)  c)  d) 

1) les œufs **2)** la chenille **3)** la chrysalide **4)** le papillon

3 ★★★ Remets dans l'ordre les stades du cycle de vie d'un animal. Numérote-les de 1 à 5.

adulte	naissance	croissance	mort	reproduction
......	......	......	......	......

Fais le bilan

Parmi les propositions suivantes, coche la bonne réponse.

a) La première phase de développement après la naissance est la .... ☐ reproduction. ☐ croissance.

b) L'adulte peut .... ☐ se reproduire. ☐ grandir.

c) La chenille est .... ☐ un ver de terre. ☐ un bébé de papillon.

d) Le papillon sort de .... ☐ la chrysalide. ☐ l'œuf.

e) Les mammifères adultes .... ☐ grandissent. ☐ protègent leurs petits.

As-tu bien réussi ?

Leçon 2

Que mangent les animaux ?

Retiens l'essentiel !

Conseils Parents

- Cette leçon permet de comprendre un des aspects de la biodiversité.
- Chaque espèce animale a sa façon de se nourrir. Il existe deux types de nutrition selon que les animaux mangent des plantes ou d'autres animaux.

Chaque animal a sa nourriture

Tout animal doit **boire** et **manger** pour vivre.

▸ Les **végétariens** mangent des plantes : de l'herbe, des feuilles, des fruits, des graines, des racines. C'est le cas de la marmotte ou du criquet.

▸ Les **carnivores** mangent de la viande. Ils chassent pour attraper leurs proies. Ce sont des **prédateurs**. C'est le cas de l'aigle, du lion ou du requin.

▸ Les **omnivores** mangent de tout : de la viande ou des plantes en fonction de la saison. C'est le cas du renard ou du cochon.

Chaque animal a sa technique pour se nourrir

▸ Les **carnivores** chassent pour attraper leurs proies. Ce sont des prédateurs. Certains attrapent leur proie à la course, d'autres se cachent, volent ou plongent.

▸ Chez les **végétariens** : la vache broute l'herbe, l'écureuil mange des graines…

◂ *Ex. :* la nourriture du renard en été.

Regarde comment on fait !

Comment se nourrissent les animaux ?

Le papillon boit le nectar de la fleur avec sa trompe.

La buse mange un lapin.

Le criquet mange des graines.

Le singe cueille une noix de coco.

Entraîne-toi !

Corrigés → Guide Parents p. 20

1 ★ Complète les phrases avec les mots : végétarien, carnivore, omnivore.

a) La marmotte mange de l'herbe : c'est un animal végétarien.

b) Le cochon mange de tout : c'est un animal omnivore.

c) Le lion mange des gazelles : c'est un animal carnivore.

2 ★★ Que mangent ces animaux ? Complète les phrases avec les mots suivants :

herbe

noisette

saumon

a) L'ours attrape un saumon au vol.

b) L'écureuil ouvre une noisette pour la manger.

c) La vache broute de l'herbe.

3 ★★★ Que mange le renard en hiver ?

En hiver, il n'y a pas d'insectes ni de fruits rouges.

Donc en hiver, il mange des oiseaux, des souris.

insecte

oiseau

souris

fruits

Fais le bilan

Parmi les propositions suivantes, coche la bonne réponse.

a) Les animaux qui mangent des plantes sont des .... [ ] carnivores. [x] végétariens.

b) Les animaux qui mangent de la viande sont des .... [x] carnivores. [ ] végétariens.

c) Les omnivores sont des animaux qui mangent .... [ ] des hommes. [x] de tout.

d) Les animaux qui chassent leurs proies sont des .... [ ] chasseurs. [x] prédateurs.

e) Le renard est un .... [ ] carnivore. [x] omnivore.

As-tu bien réussi ?

Sciences

Leçon 3

Les changements d'état

Conseils Parents

- L'enfant doit comprendre que l'eau n'existe pas seulement sous forme liquide, mais aussi sous forme de gaz (vapeur d'eau) ou de solide (glace).
- Contrairement à ce que croient les enfants, la « vapeur », visible au-dessus d'une casserole d'eau qui bout, est formée de fines gouttelettes d'eau liquide et non de vapeur, qui serait invisible.

Retiens l'essentiel !

L'eau n'est pas toujours liquide

▸ Selon la température, l'eau peut être dans l'état :
– **liquide** (eau, buée) ;
– **solide** (glace, neige) ;
– **gazeux** (vapeur d'eau).

Les changements d'état de l'eau

▸ **Solidification :** Si on refroidit de l'eau liquide à zéro degré (0 °C), elle se transforme en glace. La glace occupe plus de place que l'eau liquide.

▸ **Fusion :** Si on chauffe de la glace à zéro degré (0 °C), elle devient de l'eau liquide.

▸ **Vaporisation :** Pour faire bouillir de l'eau liquide, on la chauffe jusqu'à 100 degrés (100 °C). Elle passe à l'état de gaz invisible : la vapeur d'eau.

▸ **Condensation :** Quand la vapeur d'eau refroidit, l'eau redevient liquide. Elle forme alors de la buée, du brouillard ou des nuages.

Regarde comment on fait !

Analyser une expérience

Expérience : On place une casserole d'eau sur une cuisinière pour la faire bouillir. On place un thermomètre dans l'eau.

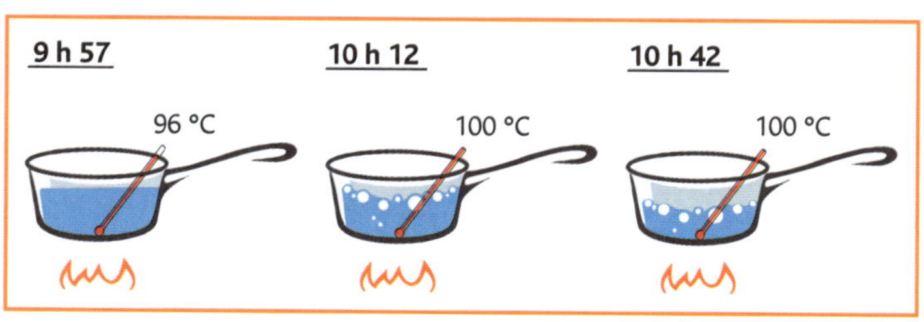

À quelle température l'eau commence-t-elle à bouillir ?
À 100 °C.

Que constate-t-on au bout de plusieurs minutes d'ébullition ?
Le niveau de l'eau diminue. De l'eau s'est échappée de la casserole.

Que devient l'eau qui disparaît de la casserole ?
Elle se vaporise : elle passe de l'état liquide à l'état de gaz invisible (la vapeur d'eau).

Entraîne-toi !

Corrigés → Guide Parents p. 21

1 ★ **Quels sont les trois états de l'eau ?**

a) .... b) .... c) ....

2 ★★ **Complète les phrases suivantes.**

a) La transformation de l'eau liquide en eau solide s'appelle la ....

b) La transformation de la glace en eau liquide s'appelle la ....

c) La transformation de la vapeur d'eau en eau liquide s'appelle la ....

3 ★★ **Dans quel état se trouve l'eau sur les photos ?**

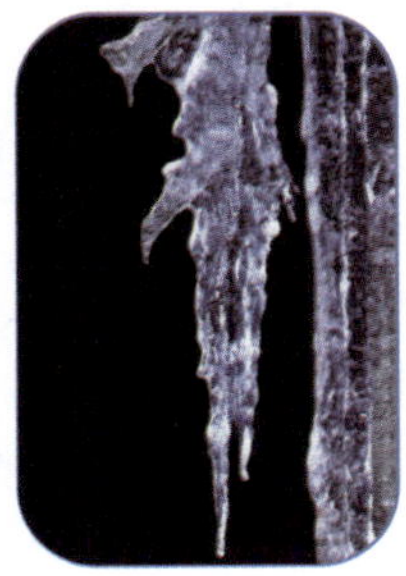

a) état .... b) état .... c) état ....

4 ★★★ **Analyse cette expérience.**

Cette bouteille était pleine d'eau quand on l'a mise au congélateur.

a) Que s'est-il passé ?
L'eau s'est transformée en ....
Elle est passée de l'état .... à l'état ....

b) Pourquoi la glace a-t-elle débordé ?
La glace a débordé, car ....

Fais le bilan

Parmi les propositions suivantes, coche la bonne réponse.

a) La transformation de la vapeur d'eau en eau liquide s'appelle .... ☐ la vaporisation. ☐ la condensation.

b) L'eau qui gèle (se transforme en glace) .... ☐ augmente de volume. ☐ conserve le même volume.

c) La transformation de la glace en eau liquide s'appelle .... ☐ la solidification. ☐ la fusion.

d) La vaporisation de l'eau se produit à .... ☐ 100 °C. ☐ 0 °C.

e) La vapeur d'eau qui se condense forme .... ☐ de la neige. ☐ de la buée.

As-tu bien réussi ?

Leçon 4

L'eau dans la nature

Conseils Parents

- Cette leçon permet de faire le lien avec les observations que l'enfant peut faire dans son environnement en fonction des phénomènes météo quotidiens.
- L'enfant peut comprendre que la banquise, qui est de l'eau de mer gelée, est salée. Les icebergs en revanche sont des morceaux de glaciers formés à partir d'eau douce (neige puis glace).

Retiens l'essentiel !

Les trois états de l'eau

L'eau existe dans la nature sous trois états :

- L'**état liquide** dans les océans, les lacs, les rivières, les nappes d'eau souterraines et la pluie.

- L'**état solide**. Lorsque la température descend en dessous de 0 °C, l'eau gèle et devient de la **glace**.

- L'**état gazeux**. Lorsqu'on chauffe de l'eau à 100 °C, l'eau liquide se transforme en **vapeur d'eau**. Quelle que soit la température, l'eau liquide se transforme lentement en vapeur d'eau. On la retrouve dans les nuages. C'est **l'évaporation**.

Regarde comment on fait !

Où trouve-t-on de la glace ?

1. Dans les **régions polaires** :
– la **banquise** : c'est l'eau salée de la mer qui forme une couche de glace ;
– les **icebergs** : ce sont des blocs de glace formés à partir des couches de neige accumulées depuis des milliers d'années. Ils dérivent sur les océans. Ils sont formés d'eau douce.

2. Dans nos régions, quand **la température descend en dessous de 0 °C**, il y a :
– du **givre** : c'est la vapeur d'eau de l'air qui se condense sous forme de petits cristaux de glace ;
– du **verglas** sur les routes ;
– une couche de **glace** sur les étangs ;
– on trouve aussi des **glaciers** en haute montagne, ce sont des couches de neige accumulées.

Du givre sur une branche.

Entraîne-toi !

Corrigés → Guide Parents p. 21

1 ★ **Réponds aux questions suivantes.**

a) Quels sont les trois états de l'eau ?

.... ; .... ; ....

b) En dessous de quelle température l'eau se transforme-t-elle en glace ? ....

c) À partir de quelle température l'eau se transforme-t-elle en vapeur d'eau ? ....

2 ★★ **Associe chaque mot à la forme sous laquelle est l'eau.**

pluie • nuage • rivière • glace • vapeur d'eau • iceberg • banquise • océan

a) état liquide • b) état solide • c) état gazeux

3 ★★★ **Associe chaque photo au mot correspondant.**

givre • verglas • neige • glace • glacier

a)

b)

c)

d)

e)

Fais le bilan

Parmi les propositions suivantes, coche la bonne réponse.

a) L'eau des rivières est de l'eau .... ☐ liquide. ☐ solide.

b) L'eau gelée est de l'eau .... ☐ liquide. ☐ solide.

c) Quand l'eau liquide se transforme en vapeur d'eau, c'est .... ☐ l'évaporation. ☐ du verglas.

d) On trouve des glaciers .... ☐ en haute montagne. ☐ sur les étangs.

e) Les icebergs sont des blocs .... ☐ de glace. ☐ de pierre.

As-tu bien réussi ?

Leçon 5

Mon corps grandit et se transforme

Conseils Parents

- La croissance intéresse particulièrement les enfants. La comparaison entre leur taille d'aujourd'hui avec celle de l'année précédente leur permet d'en prendre conscience.
- Sensibilisez également l'enfant au besoin de sommeil pour grandir.

Retiens l'essentiel !

La croissance

▸ À la **naissance**, le bébé est tout petit et ne sait pas encore marcher. Le bébé **grandit** très vite : sa **taille** double entre la naissance et l'âge de 3 ans.

▸ Vers 12 ans, l'enfant est trois fois plus grand qu'à la naissance. La croissance s'arrête à la fin de **l'adolescence** : l'adulte ne grandit plus.

Comment grandit-on ?

Ce sont les **os** qui s'allongent jusqu'à l'âge adulte, surtout ceux des bras et des jambes. Pour bien grandir, il faut **manger équilibré**. Et surtout bien dormir, car on grandit pendant le **sommeil** !

Des dents de lait aux dents définitives

Le bébé naît sans dent. Les **20 dents de lait** poussent entre 6 mois et 3 ans. Elles tombent entre 6 et 11 ans. Elles sont remplacées par **32 dents définitives**.

Regarde comment on fait !

Se mesurer

Pour se mesurer on utilise une **toise**. On peut aussi se mesurer sur le côté d'une porte, par exemple.

1. Mets-toi pieds nus, en te plaçant dos au mur.
2. Un adulte descend un livre au-dessus de ta tête. Il trace un trait au crayon à la base du livre et écrit la date à côté du trait.

3. Mesure ensuite la distance entre le sol et le trait, avec un mètre ruban :

.... centimètres

Aujourd'hui, le ....,

tu mesures donc .... centimètres.

Entraîne-toi !

Corrigés → Guide Parents p. 21

1 ★ Réponds aux questions.

a) Jusqu'à quel âge grandit-on le plus ? Jusqu'à .... ans.

b) Quelles parties du corps s'allongent le plus ? Les .... et les ....

c) À quel moment grandit-on le plus ? Pendant le ....

2 ★★ Calcule la taille d'un enfant qui mesurait 50 centimètres à la naissance.

a) Combien mesure-t-il à 3 ans ? Il mesure 2 fois sa taille de naissance,

soit 50 cm × 2 = ... cm.

b) Combien mesure-t-il à 12 ans ? Il mesure 3 fois sa taille de naissance,

soit 50 cm × 3 = ... cm.

3 ★★ Nous avons trois types de dents : les incisives, les canines et les molaires.
Associe chaque type de dents à son rôle.

a) Les incisives plates et coupantes servent à  •   • **1)** écraser les aliments.

b) Les canines pointues servent à  •   • **2)** découper les aliments.

c) Les molaires grosses et larges servent à 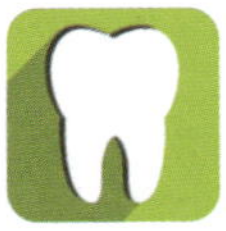 •   • **3)** arracher et déchirer.

Fais le bilan

Parmi les propositions suivantes, coche la bonne réponse.

a) On grandit davantage. ☐ jusqu'à 3 ans. ☐ de 3 à 12 ans.

b) On grandit encore quand on est adulte. ☐ Oui ☐ Non

c) La partie du corps qui grandit le plus est ☐ la jambe. ☐ la tête.

d) On mesure sa taille avec ☐ un tailleur. ☐ une toise.

e) Les premières dents s'appellent ☐ les dents de bébé. ☐ les dents de lait.

As-tu bien réussi ?

Anglais

Leçon 1 Saluer et se présenter

To say hello to somebody

Conseils Parents

- L'enregistrement du dialogue est disponible sur www.parascolaire.hachette-education.com
- Pour demander l'âge de quelqu'un, on utilise l'expression : How old are you? (Quel âge as-tu ?)
- Pour dire son âge, il faut dire : I'm seven (J'ai sept ans). Ne jamais dire I'm seven years.
- Jouez à se présenter avec l'enfant. Pour prolonger l'activité, demandez-lui de présenter certains de ses jouets en leur donnant un prénom et un âge.

Écoute et répète ! ▸ Piste 1

Retiens comment on dit !

Saluer quelqu'un

Pour saluer, utilise Hello ou Hi. En fonction du moment de la journée, tu peux dire :

1. Good morning! (Bonjour !) le matin ;
2. Good afternoon! (Bonjour !) l'après-midi ;
3. Good evening! (Bonsoir !) le soir.

Pour dire au revoir, tu peux dire Goodbye!

Demander et dire l'âge

1. Pour demander l'âge de quelqu'un, dis : How old are you? (Quel âge as-tu ?).
2. Pour dire ton âge, dis : I'm ... Et apprends par cœur les nombres :

one two three four five six seven eight nine ten

Entraîne-toi !

Corrigés → Guide Parents p. 21

1 ★ Complète les bulles.

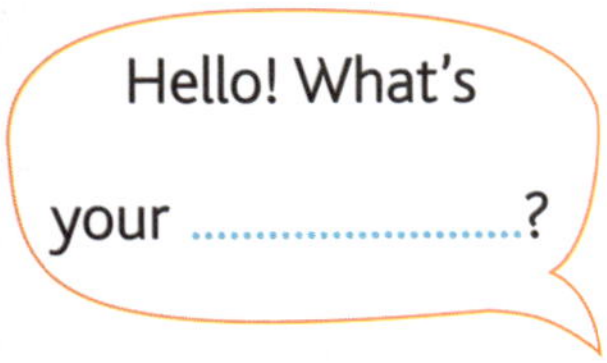

a)

b)

2 ★★ Associe chaque bougie à l'âge correspondant.

a) I'm seven. •

b) I'm eight. •

c) I'm six. •

• 1) 6

• 2) 8

• 3) 7

3 ★★★ Associe chaque question à la bonne réponse.

a) How old are you? •   • 1) My name's Andrew.

b) What's your name? •   • 2) I'm eight.

Fais le bilan

Présente-toi en répondant à ces questions.

a) What's your name? My name's Théssa .

b) How old are you? I'm seven .

As-tu bien réussi ?

Anglais

Leçon 2

Les aliments
Food

Conseils Parents

- Pour souhaiter bon appétit, on peut dire : Enjoy your meal!

Écoute et répète ! ▸ Piste 2

Retiens comment on dit !

Exprimer ses goûts

1. I like... (J'aime...)
2. I don't like... (Je n'aime pas...)

Dire le nom de quelques aliments

1. Fruit (Les fruits)

cherry orange banana apple pear

2. Vegetables (Les légumes)

potato carrot aubergine tomato mushroom

Entraîne-toi !

Corrigés → Guide Parents p. 21

1 ★ **Complète ces mots croisés avec des noms de fruit en anglais.**

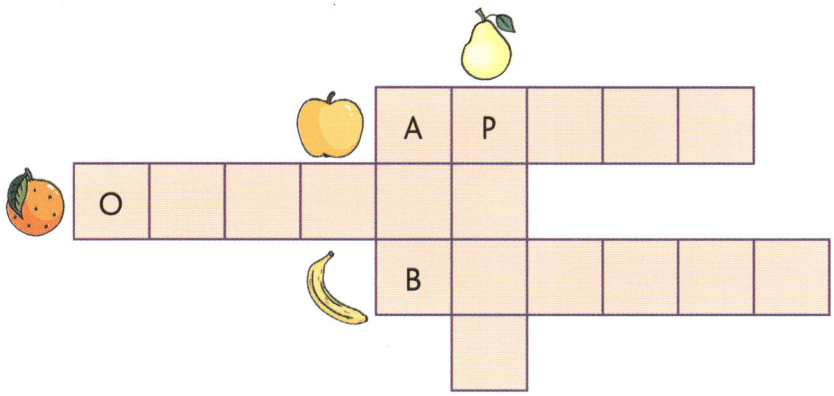

2 ★★ **Associe chaque phrase au personnage correspondant.**

a) I like cherries. •

b) I don't like mushrooms. •

c) I like tomatoes. •

d) I don't like oranges. •

• 1)

• 2)

• 3)

• 4)

Fais le bilan

Et toi ? Qu'est-ce que tu aimes et qu'est-ce que tu n'aimes pas ? Complète les phrases avec *I like* ou *I don't like*.

a) I .... fruit!

b) I .... vegetables!

c) I .... cakes!

d) I .... potatoes!

As-tu bien réussi ?

Leçon 3

Les activités

Activities

Écoute et répète ! ▸ Piste 3

Conseils Parents

- L'enregistrement du dialogue est téléchargeable sur www.parascolaire.hachette-education.com
- Pour bien démarrer la journée, on peut utiliser l'expression Let's go! (Allons-y !).

Retiens comment on dit !

Quelques activités

Pour dire que tu aimes une activité, utilise I like et ajoute le nom de l'activité : I like swimming (J'aime nager).

Voici d'autres activités que tu aimes peut-être faire :

reading (lire) drawing (dessiner) cycling (faire du vélo)
singing (chanter) cooking (cuisiner) painting (peindre)

Quelques couleurs

Pour dessiner il faut connaître quelques couleurs !

Entraîne-toi !

Corrigés → Guide Parents p. 21

1 ★ Associe chaque objet à l'activité qui correspond.

a) Reading •

b) Drawing •

c) Painting •

d) Swimming •

• 1) 

• 2) 

• 3) 

• 4) 

2 ★★ Complète ces mots croisés en retrouvant les couleurs suivantes :
red, orange, yellow, green, blue, purple.

Fais le bilan

Et toi ? Qu'est-ce que tu aimes faire ? Coche.

a) I like swimming. ☐

b) I like reading. ☐

c) I like singing. ☐

d) I like drawing. ☐

As-tu bien réussi ?

Notes :

Maquette de l'intérieur : Manon Guérin
Illustration de couverture : Julien Flamand
Réalisation des gardes et des frises : Stéphanie Benoit
Réalisation de l'intérieur : PCA
Édition des parties maths et français : Charlotte Davreu
Illustrations de la mascotte : Pauline Casters
Autres illustrations de l'intérieur : Dominique Fages (histoire), Marie-Hélène Tran-Duc, Gilles Poing (balances), Lyudmyla Kharlamova / shutterstock.com (anglais), Audrey Collomb (mappe-monde)
Crédits photographiques : www.shutterstock.com

PAPIER À BASE DE FIBRES CERTIFIÉES

hachette s'engage pour l'environnement en réduisant l'empreinte carbone de ses livres. Celle de cet exemplaire est de : 1 kg éq. CO_2 Rendez-vous sur www.hachette-durable.fr

Achevé d'imprimer en avril 2021 en Espagne par Macrolibros
Dépôt légal : Mai 2021 - Édition 01
18/7186/8

Conjugaisons

Infinitif	Être	Avoir	Chanter	Rester
Présent	je suis tu es il, elle est nous sommes vous êtes ils, elles sont	j'ai tu as il, elle a nous avons vous avez ils, elles ont	je chante tu chantes il, elle chante nous chantons vous chantez ils, elles chantent	je reste tu restes il, elle reste nous restons vous restez ils, elles restent
Futur simple	je serai tu seras il, elle sera nous serons vous serez ils, elles seront	j'aurai tu auras il, elle aura nous aurons vous aurez ils, elles auront	je chanterai tu chanteras il, elle chantera nous chanterons vous chanterez ils, elles chanteront	je resterai tu resteras il, elle restera nous resterons vous resterez ils, elles resteront
Passé composé	j'ai été tu as été il, elle a été nous avons été vous avez été ils, elles ont été	j'ai eu tu as eu il, elle a eu nous avons eu vous avez eu ils, elles ont eu	j'ai chanté tu as chanté il, elle a chanté nous avons chanté vous avez chanté ils, elles ont chanté	je suis resté(e) tu es resté(e) il, elle est resté(e) nous sommes resté(e)s vous êtes resté(e)s ils, elles sont resté(e)s

Infinitif	Aller	Dire	Faire	Venir
Présent	je vais tu vas il, elle va nous allons vous allez ils, elles vont	je dis tu dis il, elle dit nous disons vous dites ils, elles disent	je fais tu fais il, elle fait nous faisons vous faites ils, elles font	je viens tu viens il, elle vient nous venons vous venez ils, elles viennent

Tables d'addition

0 + 1 = 1	0 + 2 = 2	0 + 3 = 3	0 + 4 = 4	0 + 5 = 5
1 + 1 = 2	1 + 2 = 3	1 + 3 = 4	1 + 4 = 5	1 + 5 = 6
2 + 1 = 3	2 + 2 = 4	2 + 3 = 5	2 + 4 = 6	2 + 5 = 7
3 + 1 = 4	3 + 2 = 5	3 + 3 = 6	3 + 4 = 7	3 + 5 = 8
4 + 1 = 5	4 + 2 = 6	4 + 3 = 7	4 + 4 = 8	4 + 5 = 9
5 + 1 = 6	5 + 2 = 7	5 + 3 = 8	5 + 4 = 9	5 + 5 = 10
6 + 1 = 7	6 + 2 = 8	6 + 3 = 9	6 + 4 = 10	6 + 5 = 11
7 + 1 = 8	7 + 2 = 9	7 + 3 = 10	7 + 4 = 11	7 + 5 = 12
8 + 1 = 9	8 + 2 = 10	8 + 3 = 11	8 + 4 = 12	8 + 5 = 13
9 + 1 = 10	9 + 2 = 11	9 + 3 = 12	9 + 4 = 13	9 + 5 = 14
10 + 1 = 11	10 + 2 = 12	10 + 3 = 13	10 + 4 = 14	10 + 5 = 15

0 + 6 = 6	0 + 7 = 7	0 + 8 = 8	0 + 9 = 9	0 + 10 = 10
1 + 6 = 7	1 + 7 = 8	1 + 8 = 9	1 + 9 = 10	1 + 10 = 11
2 + 6 = 8	2 + 7 = 9	2 + 8 = 10	2 + 9 = 11	2 + 10 = 12
3 + 6 = 9	3 + 7 = 10	3 + 8 = 11	3 + 9 = 12	3 + 10 = 13
4 + 6 = 10	4 + 7 = 11	4 + 8 = 12	4 + 9 = 13	4 + 10 = 14
5 + 6 = 11	5 + 7 = 12	5 + 8 = 13	5 + 9 = 14	5 + 10 = 15
6 + 6 = 12	6 + 7 = 13	6 + 8 = 14	6 + 9 = 15	6 + 10 = 16
7 + 6 = 13	7 + 7 = 14	7 + 8 = 15	7 + 9 = 16	7 + 10 = 17
8 + 6 = 14	8 + 7 = 15	8 + 8 = 16	8 + 9 = 17	8 + 10 = 18
9 + 6 = 15	9 + 7 = 16	9 + 8 = 17	9 + 9 = 18	9 + 10 = 19
10 + 6 = 16	10 + 7 = 17	10 + 8 = 18	10 + 9 = 19	10 + 10 = 20

Tables de multiplication

1 x 1 = 1	2 x 1 = 2	3 x 1 = 3	4 x 1 = 4	5 x 1 = 5
1 x 2 = 2	2 x 2 = 4	3 x 2 = 6	4 x 2 = 8	5 x 2 = 10
1 x 3 = 3	2 x 3 = 6	3 x 3 = 9	4 x 3 = 12	5 x 3 = 15
1 x 4 = 4	2 x 4 = 8	3 x 4 = 12	4 x 4 = 16	5 x 4 = 20
1 x 5 = 5	2 x 5 = 10	3 x 5 = 15	4 x 5 = 20	5 x 5 = 25
1 x 6 = 6	2 x 6 = 12	3 x 6 = 18	4 x 6 = 24	5 x 6 = 30
1 x 7 = 7	2 x 7 = 14	3 x 7 = 21	4 x 7 = 28	5 x 7 = 35
1 x 8 = 8	2 x 8 = 16	3 x 8 = 24	4 x 8 = 32	5 x 8 = 40
1 x 9 = 9	2 x 9 = 18	3 x 9 = 27	4 x 9 = 36	5 x 9 = 45
1 x 10 = 10	2 x 10 = 20	3 x 10 = 30	4 x 10 = 40	5 x 10 = 50

Pour Comprendre

CE1

7/8 ans

Tout ce qu'il faut savoir et savoir faire dans toutes les matières

- Français
- Maths
- Histoire
  Ens. moral et civique
- Géographie
- Sciences
- Anglais

▶ **Une double page par notion, avec :**

- **le cours,** clair et complet, illustré par de nombreux exemples
- **un exercice corrigé pas à pas** pour montrer à l'enfant comment bien appliquer le cours dans les exercices
- de nombreux **exercices progressifs** pour s'entraîner

▶ **En anglais :**

- **les fichiers audio MP3** des mini-dialogues à télécharger gratuitement sur *www.parascolaire.hachette-education.com*

▶ **Tous les corrigés détachables** dans le Guide Parents

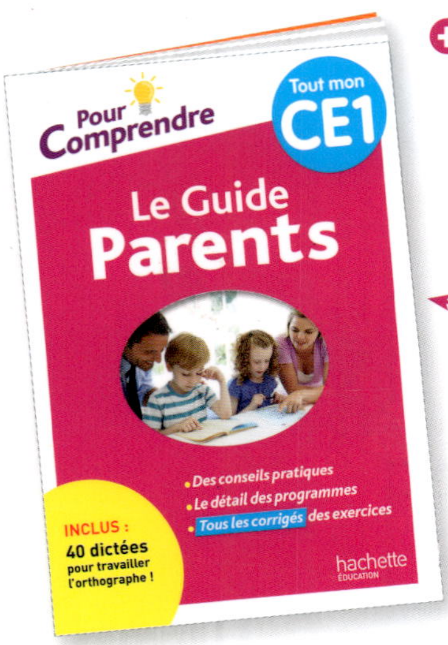

➕ Le GUIDE PARENTS détachable
- Des conseils pratiques
- Tous les corrigés
- Des dictées d'entraînement
- Les programmes expliqués

➕ Le DÉPLIANT/POSTER détachable
- Un alphabet des sons
- Un planisphère illustré

➕ Les tables d'addition et de multiplication, les conjugaisons du programme

18.7186.8
ISBN : 978-2-01-714931-6
9 782017 149316

hachette
ÉDUCATION
www.parascolaire.hachette-education.com

8,90 € TTC
France métropolitaine